체스 이야기

슈테판 츠바이크 소설시리즈 4

체스 이야기

초판 1쇄 인쇄 2021년 11월 26일
초판 1쇄 발행 2021년 12월 3일

—

지은이 슈테판 츠바이크
옮긴이 최은아
펴낸이 이방원
편 집 정우경 · 김명희 · 안효희 · 정조연 · 송원빈 · 조상희
디자인 박혜옥 · 손경화 · 양혜진 **영 업** 최성수 **마케팅** 김 준

—

펴낸곳 세창미디어

신고번호 제2013-000003호
주소 03736 서울특별시 서대문구 경기대로 58 경기빌딩 602호
전화 723-8660 팩스 720-4579 이메일 edit@sechangpub.co.kr
홈페이지 http://www.sechangpub.co.kr 블로그 blog.naver.com/scpc1992
페이스북 fb.me/Sechangofficial 인스타그램 @sechang_official

—

ISBN 978-89-5586-483-0 03850

STEFAN

체스 이야기

ZWEIG

슈테판 츠바이크 소설시리즈 **4**

최은아 옮김

세창미디어
MEDIA

Schachnovelle

체스 이야기

CONTENTS

1

자정에 뉴욕에서 부에노스아이레스로 출항 예정인 크루즈 위는 늘 그렇듯이 출항 직전의 번잡함과 부산한 움직임으로 가득 차 있었다. 시골에서 올라온 손님들은 친구들을 배웅하기 위해 서로 뒤섞여 엎치락뒤치락 밀쳐 대고 있었고, 모자를 삐딱하게 눌러쓴 채 전보를 배달하는 소년들은 이름을 외쳐 가며 달음박질로 사무실을 냅다 지나갔으며, 여행 가방과 꽃다발들이 옮겨졌고, 오케스트라가 선상 쇼를 위해 부동의 자세로 연주하는 동안 아이들은 호기심에 차서 계단을 오르락내리락하고 있었다. 나는 갑판에서 벌어지는 이 야단법석으로부터 약간 떨어져서 지인과 이야기를 하며 서 있었는데, 그때 우리 옆에서 카메라 플래시가 두세 번 날 서게 터지는 것을 발견했다. ─ 리포터들이 출항 직전에 서둘러 어떤 유명인사를 인터뷰하고 사진 찍는 모양이었다. 내 친구는 그쪽을 슬쩍 쳐다보더니 웃음을 지었다. "저들이 갑판에 희한한 인사를 한 명 잡아 두고 있군, 첸토비치 씨라고." 그리고 내가 전혀 무슨 말인지 모르겠다는 표정을 짓자, "미르코 첸토비치라고, 세계 체스 챔피언 말이야. 토너먼트 게임을 하면서 미국을 동쪽에서 서쪽까지 훑었고 지금은 새로운 승리를 위해 아르헨티나로 가고 있지"라고 덧붙였다.

그 말을 듣자 나는 이 젊은 세계 챔피언이 기억났고, 심지어 그의 로켓처럼 빠른 초고속 경력과 관련된 몇 가지 세세한 이야기까지 기억해 내었다. 내 친구는 나보다 더 꼼꼼하게 신문을 읽는 사람이라서 내가 기억해 낸 이야기에 부족하다 싶은 부분을 꼬리를 무는 일화들로 채워 주었다. 첸토비치는 대략 일 년 전쯤에 벼락스타가 되어 알레킨, 카파블랑카, 타르타코버, 라스커, 보골류보프처럼 체스 예술에서 내로라하는 역대 챔피언들과 어울리게 되었다. 1922년 뉴욕 체스 토너먼트 경기에 르첸스키라고 7살짜리 신동이 출현했을 때 말고, 완전히 무명이었던 어떤 사람이 명성 자자한 이 길드를 깨고 들어온 것으로 이렇게 큰 화제가 된 적은 없었다. 첸토비치가 뛰어난 지적 능력으로 이런 빛나는 경력을 쌓으리라고는 누구도 예견하지 못한 것처럼 보였다. 이 체스 챔피언이 사생활에서는 어떤 언어든 맞춤법에 맞는 문장 한 줄도 구사할 줄 모르며, 화가 난 그의 동료 중 한 명이 화를 억누르며 조롱했듯이 "그 사람의 무식은 모든 분야에서 공통인 모양"이라는 소문이 곧 스멀스멀 새어 나왔다. 그는 도나우강에서 배를 운항하던 찢어지게 가난한 슬라브 남부 출신 선장의 아들인데, 어느 날 밤에 이 선장이 몰던 돛대도 없는 작은 배를 곡물을 가득 실은 증기선이 밀쳐 넘어뜨렸다. 아버지가 죽은 후 당시 12살짜리였던 이 아이를 멀리 떨어진 곳에 살던 신부가 측은지심으로 받아 주었다. 마음씨 좋은 신부는 뚱하고, 우둔하며 이마가 넓은 이 아이가 동네 학교에서 배울 수 없었던 것을 사교육으로 메꿔 보려고 정말 부단히 애를 썼다.

하지만 모든 노력은 허사였다. 미르코는 이미 수백 번 그에게 설명했던 글자를 여전히 새롭다는 듯 뚫어지게 쳐다보았다. 수업에서 다루는 가장 간단한 대상들조차도 어눌하게 돌아가는 그의 뇌가 계속 기억하기엔 벅찼다. 계산을 할라치면 14살이 되었는데도 매번 손가락 도움을 받아야 했다. 그리고 책이나 신문을 읽는 것은 이미 청소년이 된 이 젊은이에겐 여전히 아주 힘든 일이었다. 그렇다고 미르코가 마지못해서 한다거나 반항적이라고 말할 수는 없었다. 그는 사람들이 그에게 부탁하는 일을 고분고분하게 했다. 물을 길어 왔고, 장작을 팼고, 들에서 함께 일했고, 부엌을 정리했다. 이런 일들을 물론 화가 날 정도로 느리게 처리하긴 했지만 신뢰할 만하게 끝냈다. 하지만 이 착한 신부가 허송세월하는 소년에게 가장 염증을 느끼는 부분은 어느 것에도 관심을 보이지 않는 그의 무관심이었다. 그는 특별히 요구하지 않으면 아무것도 하지 않았고, 질문 하나 하는 법이 없었으며, 다른 소년들과 같이 놀지 않았고, 사람들이 분명하게 지시하지 않으면 스스로 뭔가 할 일을 찾지도 않았다. 집안일을 다 끝내면 미르코는 자기 주변에서 일어나는 사건들에는 전혀 관심을 보이지 않고 들판의 양들이 멍하게 쳐다보는 것 같은 그런 정신 나간 눈길로 방에 우두커니 앉아 있었다. 신부가 밤마다 농부들이 피는 긴 파이프 담배를 뻐끔거리며 지방 경찰과 체스를 세 판째 두고 있을 때면, 더벅머리 금발의 그 소년은 말없이 그들 옆에 웅크리고 앉아 있었다. 무거운 눈꺼풀 아래 이기나 지나 다 상관 없다는 졸린 눈길로 격자무늬 체스판을 응시하면서 말이다.

어느 겨울 저녁에 현관에서 벨소리가 울렸다. 두 사람이 매일 두는 체스 시합에 푹 빠져 있을 때, 마을로부터 이쪽으로 난 길에서 썰매에 매달은 작은 종 소리가 빠르게 점점 더 빠르게 울려왔다. 눈을 폭삭 뒤집어쓴 모자 차림의 농부가 헐떡이며 쿵쿵거리는 발걸음으로 집 안으로 들어오더니, 연로하신 어머니가 돌아가시려고 하니 신부님이 서둘러 가셔서 어머니에게 임종 전 마지막 종부성사를 해 달라고 부탁했다. 한 치의 망설임도 없이 신부는 농부의 뒤를 따랐다. 아직 맥주잔을 채 다 비우기도 전이었던 지방경찰이 작별인사 대신 파이프에 새로 담뱃불을 붙이고 막 무거운 긴 장화를 신으려던 바로 그때였다. 미르코의 시선이 시작하다만 체스판 위에 요지부동으로 딱 달라붙어 있는 것이 그의 눈에 띄었다.

"음, 끝까지 한번 둬 보고 싶니?"라고 농담을 했지만, 그는 이 졸려 보이는 젊은이가 체스 말 하나도 제대로 옮길 수 없을 것을 백 프로 확신했다. 소년은 수줍어하며 쳐다보더니 고개를 끄떡이고는 신부가 앉았던 자리에 앉았다. 열네 번 체스 말을 주고받은 후에 지방경찰은 지고 말았다. 그뿐만 아니라 자신이 혹시나 부주의하게 두었을지 모르는 한 수에 결코 패인이 있는 게 아니라는 것을 고백할 수밖에 없었다. 두 번째 판도 다르지 않았다.

집으로 돌아온 신부는 놀라서 소리를 지르고 말았다. "이런 발람의 당나귀 같으니라고!" 성서에 별 지식이 없던 지방경찰에게 2천 년 전에 벙어리가 갑자기 지혜로운 말을 한 것과 비슷한 기적이 지금 일어났노라고 설명해 가면서 말이다. 이른 새벽 시간임에도 불구하고 신부는 반문맹이나 다름없는 이 조수에게 자기와도 체스를 한 판 두자고 요구하지 않을 수 없었다. 미르코는 그도 가볍게 이겨 버렸다. 그는 넓은 이마를 숙인 채 체스판에서 고개 한 번 들지 않고 집요하고 천천히, 난공불락의 성처럼, 하지만 반박할 수 없는 확신을 가지고 경기에 임했다. 지방경찰관도 신부도 다음 날부터는 단 한 차례의 체스 게임도 이길 수 없었다. 자기가 데리고 있는 이 아이가 다른 영역에서 아주 발달이 느리다는 것을 그 누구보다도 잘 알고 있는 신부는 과연 특별한 이 아이의 재능이 자기네와 두는 체스보다 더 엄격한 체스 시합을 얼마나 견뎌 낼 수 있을지 진심으로 궁금해졌다. 그는 미르코가 어느 정도 내놔도 괜찮아 보이도록 부스스한 볏짚 색 금발 머리를 시내에서 자르게 한 다음, 썰매차에 태워 작은 옆 마을로 데려갔다. 그는 그곳 중앙광장에 있는 카페 구석으로 체스에 관심 있는 사람들이 모인다는 것을 알고 있었는데 경험상 자신은 그들의 대결 상대가 못 된다는 것도 잘 알고 있었다. 신부가 양모를 안으로 누빈 외투를 입고 무겁고 종아리까지 오는 장화를 신은, 볏짚 색 금발에 뺨이 붉은 15살짜리 소년을 카페 안으로 밀어 넣었을 때 한창 체스 게임 중인 사람들에게는 조금의 놀라움도 불러일으키지 못했다. 사람들이 체스 두는 탁자로 그를 부를 때까지 이 청소년은 낯설어하며 수줍게 눈을 내리깔고는 구석에 서 있었다. 첫 게임에서는 미르코가 졌다. 왜냐하면 마음씨 좋은 신부님 집에서는 소위 말하는 시칠리아식 체스 오프닝을 한 번도 본 적이 없었기 때문이었다. 두 번째 경기에서는 최고의 선수에게 무승부를 얻어 냈다. 세 번째 경기, 네 번째 경기에서는 모든 사람을 차례로 이겼다.

작은 남슬라브 지방 도시에서는 거의 드물게 일

어나는 흥분되는 일이었다. 그래서 이 촌티 나는 챔피언의 첫 등장은 거기 모인 동네 유지들에게 즉각 큰 화제를 일으켰다. 사람들은 체스 클럽의 다른 회원들을 불러 모으고 무엇보다 체스 게임의 열광적인 팬이기도 한 연로한 짐치크 백작의 성에 기별할 수 있게 이 천재 소년이 내일까지는 무슨 일이 있어도 시내에 머물 것을 결정하였다. 전에 없던 자긍심으로 자신의 양자를 쳐다보던 신부는 새로운 재능의 발견에 기뻐하긴 했지만 자신의 의무와도 같은 일요예배를 소홀히 하고 싶지 않았기에 앞으로 계속 연습하도록 미르코를 남겨 두기로 했다고 설명했다. 젊은 첸토비치는 카페 구석에서 체스 경기를 하던 사람들의 돈으로 호텔에 숙박하게 되었다. 그리고 이날 저녁 그는 처음으로 양변기를 보았다.

다음 날 일요일 오후에 체스 홀은 사람으로 차고 넘쳤다. 꼼짝 않고 네 시간이나 체스판 앞에 앉아서, 미르코는 체스 선수들과 말 한마디도 하지 않고 그들을 일절 처다보는 일도 없이 한 명 한 명 차례로 이기고 있었다. 마지막으로 동시 대국을 해 보면 어떻겠냐는 제안이 들어왔다. 제대로 된 교육이라고는 받아 본 적이 없는 이 소년에게 동시 대국이란 그가 혼자 여러 선수를 상대하는 것이라고 이해시키기까지 한동안 시간이 걸렸다. 그러나 미르코는 이 관행을 이해하자마자 신속하게 과제를 해결했다. 무겁고 딸깍거리는 신발을 천천히 이 탁자에서 저 탁자로 옮기며 결과적으로 8번의 대국에서 7번을 이겼다.

이제 각종 조언이 쏟아졌다. 이 신생 챔피언이 엄밀히 말해 물론 이 도시 주민은 아니지만, 그래도 고향이 같으니 같은 국민이라는 자긍심에 생생한 불을 지폈다. 그 누구도 지금까지 지도 위에 이 작은 도시가 존재한다는 것을 인지하지 못했겠지만, 마침내 이 작은 도시가 한 명의 저명인사를 배

출하는 명예를 드디어 획득할지도 몰랐다. 평상시에는 주둔군의 카바레에 샹송 가수나 여가수들을 중개하던 '콜러'라는 이름의 에이전트는 만약 일 년간 보조금을 대 줄 수 있다면, 오스트리아 빈의 자기가 잘 아는 훌륭한 마에스트로에게 그 젊은이를 보내 전문가다운 체스 예술을 교육받도록 해 주겠다고 이미 전해 왔다. 60년 동안 매일 체스를 두면서도 이렇게 진기한 맞수를 상대했던 적이 없던 짐치크 백작은 당장 금액에 동의했다. 이날로 나룻배를 젓던 뱃사공 아들의 놀라운 경력이 시작되었다.

반년 뒤에 미르코는 체스 기술에 들어 있는 모든 비법을 능수능란하게 다루게 되었다. 그런 그에게도 단 한 가지 약점이 있었는데, 이 약점이 전문가들 사이에서 많이 목격되어 조롱거리가 되었다. 그것은 첸토비치가 단 한 번도 체스 경기를 외워서 ―혹은 전문가 용어로 말하자면 블라인드 체스를― 두지 못했다는 점이었다. 상상이라는 무제

한의 공간에 체스판이라는 전쟁터를 세울 수 있는 능력이 정말이지 그에게는 전혀 없었다. 그는 항상 64개의 사각형을 가지는 검은색과 흰색으로 된 판과 32개의 체스 말을 실제로 눈앞에 두어야만 했다. 세계적인 명성을 얻고 있을 시기에도 그는 항상 접이식 체스판을 소지하고 다녔다. 대가들의 경기를 재구성하거나 자신을 위해 어떤 문제를 해결하려고 할 때면 체스 배열을 목전에 두고 직접 봐야만 했다. 음악가 중에 정말 뛰어난 천재나 혹은 지휘자가 있는데 이 사람이 악보를 펴 놓지 않고서는 연주를 할 수 없다거나 지휘를 할 수 없는 것과 마찬가지였다. 그 자체로는 별것 아닌 것처럼 보이는 이 결점은 상상력의 부족을 폭로하는 것이었고, 친한 사람들 사이에서 격렬한 논쟁거리가 되었다. 그러나 이런 기이한 결점 때문에 미르코의 출세가도가 주춤한 건 결코 아니었다. 17살에는 벌써 다수의 체스 경기에서 상을 탔고, 18살에는 헝가리 체스 선수권 대회에서 승리했으며, 20살에는 드디어 세계선수권 대회를 석권했다. 기존의 가장 저돌적이었던 챔피언들이 개개인으로 보자면 모두 지적인 재능이나 상상력 혹은 대담함이라는 면에서 그와는 비교도 안 될 만큼 뛰어났지만, 나폴레옹이 답답한 쿠투조프에게 진 것처럼 그리고 한니발이 파비우스 쿤크타토르에게 패배한 것처럼 그렇게 그의 질기고 차가운 논리에 패배했다. 리비우스의 보고에 따르면 쿤크타토르도 어렸을 때 그 정도로 눈에 띄게 굼떴으며 지적장애 양상을 보였다고 한다. 그래서 정신적인 세계의 완벽한 아웃사이더라고 할 수 있는 둔하고, 말 한마디도 귀찮아하는 이 유형이, 지적으로 서로 너무나 다른 유형들, 즉 철학가 유형, 수학자 유형, 계산가 유형, 상상가 유형 그리고 종종 창조적인 천성을 타고난 자들이 모여 있는 체스 챔피언의 찬란한 갤러리를 처음으로 부수고 들어오게 된 것이었다. 가장 노련한 기자조차도 이 사람에게서 기사에 쓸 만한 단 한 마디 말도 끄집어내지 못했다. 비록 신문에 유려한 문장들을 싣도록 해 주지는 못했지만, 그는 자신에 대한 일화로 충분히 그 부족함을 메꾸었다. 왜냐하면, 누구와도 비할 수 없이 뛰어난 체스 챔피언인 첸토비치가 체스판에서 몸을 일으키기만 하면, 한순간에 도저히 손쓸 수 없을 정도로 그로테스크하고 코믹한 인물이 되었기 때문이었다. 화려한 검은 정장에 야단스럽게 화려한 넥타이를 매고 좀 지나치다 싶은 진주 넥타이핀까지 끼고 정성스럽게 손톱도 다듬었지만, 그의 행동거지나 몸가짐에는 시골에서 신부의 방을 쓸던 약간 모자란 농가 청년의 모습이 그대로 남아 있었다. 그는 체스계 동료들의 농담거리가 되었을 뿐만 아니라 격분을 살 만한 짓거리도 했는데, 자신의 재능과 유명세를 가지고 작정하고 돈 욕심을 부려, 촌스럽고 파렴치할 정도로 뻔뻔하게 긁어모을 수 있는 돈은 푼돈까지 다 긁어모으려고 했던 것이다. 그는 이 도시에서 저 도시로 여행하며 항상 가장 싼 호텔에서 지냈고, 그에게 대금만 낸다면 세상에서 가장 보잘것없는 동호회에서도 체스 경기를 치렀다. 그는 비누광고에 자기 얼굴을 쓰게 했고, 그가 세 문장도 제대로 쓰지 못한다는 것을 정확하게 알고 있는 경쟁자들의 비웃음에도 아랑곳하지 않고『체스의 철학』저자로 자기 이름을 팔아먹었다. 사실 이 책은 갈리시아 출신의 한 청년이 돈만 밝히는 출판업자를 위해 쓴 책이었다. 질긴 천성을 타고난 모든 이들이 그런 것처럼 그도 비웃음을 살 만한 일을 걸러 내는 감각이 없었다. 세계 챔피언 대회에서 승리한 후로는 자기를 세상에서 가장 중요한 사람으로 여기게 되었다. 지적이고 뛰어난 연사들과 글쟁이들을 자기만의 영역에서 꺾었다는 의식과, 무엇보다도 그들보다 돈을 더 많이 번다는 구체적인 사실이 그가 본래 가지고 있는 불안을 차갑고, 대부분의 경우 어설프기 짝이 없는 보여 주기식 자긍심으로 바꾸어 놓았다.

"하지만 그렇게 갑작스럽게 명성을 얻었는데 그 텅 빈 머리가 취하지 않고 배기겠어?" 방금 첸토비치의 유치한 우월감이 지닌 몇 가지 전형적인 문제점들을 내게 털어놓았던 친구가 결론을 맺었다. "바나트 출신의 21살짜리 농사짓던 촌놈이 어떻게 하늘 높은 줄 모르고 우쭐해지지 않겠어? 자기가 나무판 위에서 체스 말 몇 번 이리저리 옮겨 주고는 한 주에 버는 돈이 자기 고향 마을 사람들이 나무 베고, 온갖 궂은일 마다하지 않고 악착같이 일해서 한 해 동안 버는 돈보다 갑자기 더 많아진다면 말이지. 게다가 렘브란트며, 베토벤이며, 단테라든지 나폴레옹이 살았었다는 것을 꿈에도 모르는 사람이면 자기를 위대한 사람이라고 간주하는 것도 식은 죽 먹기처럼 쉬운 일 아니겠어? 그 촌놈이 꽁꽁 막힌 뇌로 알고 있는 것은 딱 한 가지, 자기가 몇 달 동안 단 한 번도 체스 경기에서 진 적이 없다는 거야. 하지만 그자는 이 지구상에 체스와 돈 말고도 다른 가치라는 게 있다는 것을 짐작조차 못 하기 때문에 자신에게 열광할 이유는 충분하지."

친구가 알려 준 이 소식은 내 각별한 호기심을 불러일으키기에 조금도 부족함이 없었다. 온갖 편집 망상증으로 단 하나의 아이디어에 갇힌 사람들은 평생 나의 호기심을 자극해 왔는데, 뭔가 한 가지에만 몰두하면 할수록, 다른 한편으로 무한한 것에 가까이 다가가기 때문이다. 바로 그렇게, 세상과 동떨어져 보이는 사람들은 그들만의 특별한 재료로 마치 흰개미처럼 세상에 단 하나밖에 없는 기이하고 압축된 세계를 만들어 놓는다. 나는 리우까지 가는 12일간의 여행 중에 지적으로 단선적인 이 기이한 별종을 좀 더 자세히 관찰하고 싶다는 뜻을 숨기지 않았다.

그러나 내 친구는 경고했다. "자네 운은 별로 좋지 않을 거야. 내가 알고 있는 한 첸토비치한테서 심리적인 소재가 될 만한 것을 티끌만큼이라도 끄집어내는 데 성공한 사람은 한 명도 없다는군. 이 약아빠진 촌놈은 상당히 덜떨어지는 모양새 뒤로 똑똑한 머리를 숨기고 있지. 자기의 민낯을 절대 보여 주지 않는다고. 그것도 자기가 머무는 작은 여관으로 불러 모은 친한 동향 사람들 말고는 누구하고도 대화하지 않는 아주 간단한 기술로 말일세. 어디에 좀 교육받은 사람들이 있다는 것을 눈치채면 자기의 달팽이집으로 기어들어 가지. 그래서 누구도 그가 하는 멍청한 말을 들었다던가 소위 말하는 무식의 끝을 보았다던가 하며 자랑을 할 수가 없는 걸세." 정말 친구의 말이 옳을 수도 있을 것이다. 여행 첫날 이미 단순 무식하게 들이대지 않고, 그건 정말 내 스타일도 아니지만, 첸토비치에게 다가가는 것은 완전히 불가능한 듯이 보였다. 가끔 첸토비치가 갑판 위를 산책하기는 했지만, 그는 마치 유명한 그림 속의 나폴레옹처럼 자부심에 찬 모양새로 고개를 숙인 채 뒷짐을 지고 걸었다. 게다가 그는 갑판을 한 바퀴 빙 둘러 산책하는 이 일을 항상 돌격하듯 급하게 해치워서, 그에게 말을 걸려면 속보로 뒤따라가야 할 정도였다. 그는 사교실이나 바, 흡연실에는 얼씬도 하지 않았다. 승무원이 내게 전해 준 믿을 만한 소식에 따르면, 하루의 상당 부분을 자기 객실에서 보내는데 큰 체스판으로 체스 경기를 연습하거나 복기한다는 것이었다.

삼 일이 지나자 그의 질긴 방어 기술이 그에게 다가가고자 하는 나의 의지보다 더 노련하다는 사실에 정말 화가 나기 시작했다. 내 평생 체스 마이스터와 사적인 친분을 쌓을 기회가 없었다. 그런데 이제 내가 그런 유형을 구체적인 형태로 표현해 보려고 노력할수록, 평생 오로지 예순네 칸으로 된 흑백의 공간 주위를 뱅뱅 도는 두뇌 활동은 점점 더 상상할 수 없는 것처럼 보였다. 나는 경험상 '왕좌의 게임'이 가진 신비하기 그지없는 매력을 잘 알고 있었다. 인간이 생각해 낼 수 있는 모든 게임 중에서 이것만이 우연이라는 모든 독재에서 의연하게 벗어나 승리의 영광을 오로지 정신 아니 그보다는 특별한 형태의 정신적인 재능에 부여하는 그런 게임이었다. 하지만 체스를 하나의 게임이라고 부른다면, 그 말 자체로 이미 체스를 게임에 한정하는 모욕적인 죄를 범하는 것은 아닐까? 마치 하늘과 땅 사이에서 부유하는 마호메트의 관처럼 체스도 이 두 범주 사이에서 부유하는 학문이자 예술이 아닌가? 대립하는 모든 쌍을 연결해 주는 유일무이한 것 말이다. 태고부터 있었던 것이기도 하지만 영원히 새로운 것, 구도는 기계적 구조인데 상상을 가미할 때에만 효과를 보며, 기하학적으로 볼 때 한정된 공간으로 제한되어 있지만 동시에 어떻게 결합하느냐에 따라서는 한계가 없기도 한, 계속해서 자기 발전을 하고는 있으나 창조적이지는 않은 것. 어느 곳으로도 인도하지 않는 사고思考, 어느 것도 계산하지 않는 수학, 작품을 내지 않는 예술, 실체가 없는 건축. 그런데도 분명히 체스라는 존재 자체는 모든 책이나 작품보다 영속적이며, 모든 민족과 모든 시대에 속하는 유일한 게임이다. 지루함을 죽이고, 감각들을 날카롭게 하며, 영혼을 긴장시키기 위해 어떤 신이 체스를 지구에 가져다주었는지는 아무도 알지 못한다. 체스의 시작이 어디이고 그 끝이 어디인지! 어린이라도 체스의 첫 번째 규칙을 배울 수 있다. 체스에 서투른 사람이라도 체스 게임을 시도해 볼 수 있다. 그러나 체스 게임은 이 변하지 않는 비좁은 사각형 안에서 특별한 부류에 속하는 대가를 낳을 수 있다. 다른 어떤 사람과도 비교 불가하며, 오로지 체스에만 적합한 재능을 지닌 특별한 천재를 말이다. 이 천재 안에는 이상과 인내 그리고 기술이 수학자나 시인들 그리고 음악가들에게서와 마찬가지로 정확하게 분배되어 있어서 효과적이나 그것들이 켜켜이 쌓이는 층이 다르고 연결이 다를 뿐이다. 골상학에 열광적이던 옛날이었다면 갈Gall 같은 사람은 아마도 그런 체스 마이스터의 뇌를 해부했을지도 모른다. 혹시 그런 체스 천재의 경우에 회색 덩어리 뇌 속에 특별한 굴곡이 있는지, 일종의 체스 근육이라든지 체스 돌기가 다른 두개골에서보다 더 집중적으로 나타나고 있는지를 확인하기 위해서 말이다. 첸토비치와 같은 경우가 그런 골상학자를 얼마나 자극했겠는가. 마치 백 파운드의 둔중한 암석 속에 한 줄기 금광맥이 들어 있는 것처럼, 이 특별한 천부적인 재능이 순백에 가까운 무식한 지능 속 어디를 부수고 나온 것처럼 보이겠는가 말이다. 원칙적으로 다음 사실은 내게 전부터 자명한 것이었다. 이 정도로 유일무이하고 천재적인 게임은 독특한 거물을 창조해 내지 않을 수 없다는 것 말이다. 하지만 세계를 오로지 검은색과 흰색 사이의 좁은 일방통행으로 축소하고, 서른두 개의 체스 말을 그저 앞뒤로 이리저리 움직여 승리의 기쁨을 찾는 데만 정신적으로 활발한 인간을 상상하는 것은 어렵고 불가능한 일이다. 게임을 새로 시작할 때 폰보다는 나이트를 선호하는 것이 다른 무엇보다 대단한 행위이며, 그 초라한 모퉁이가 체스 교본 한쪽 구석에서 불멸을 의미하는 한 인간을, 우스꽝스럽게도 10년, 20년, 30년, 40년 동안 나무판 위에서 나무로 만든 킹을 구석으로 몰아가는 데에 자신의 기력을 소진하면서도 미치지 않는 그런 정신적인 인간을, 한 인간을 상상하는 것은 얼마나 어렵겠는가, 아니 얼마나 불가능한 것이겠는가.

그리고 지금 일대 사건, 즉 그런 특이한 천재 혹은 수수께끼 같은 바보가 처음으로 아주 가까이, 같은 배의 선실 여섯 칸 건너에 머무는 사건이 일어났는데, 정신적 면에 대한 호기심이 점점 일종의 열정으로 변질되고 있는 불운한 나는 그에게 다가갈 수가 없었다. 난 아주 허무맹랑한 꾀를 고안해 내기 시작했다. 그러니까 주요 신문에 실을 인터뷰를 하겠다면서 그의 허영심을 자극하는 방법이라든가, 아니면 스코틀랜드에서 돈이 될 만한 시합을 주선하겠다며 그의 탐욕에 호소하는 방법 등을 생각해 보았다. 그러나 사냥꾼이 수컷 뇌조를 유인하는 가장 확실한 기술은 발정기의 울음소리를 흉내 내는 것이라는 사실이 떠올랐다. 체스 챔피언의 관심을 끌기 위해 내가 체스를 두는 것보다 무엇이 더 효과적일 수 있을까?

하지만 내 평생 진정한 체스 예술가였던 적은 한 번도 없었다. 그것도 아주 단순한 이유 때문인데, 내가 체스를 항상 그저 가볍게 그리고 오로지 즐기기 위해서만 두었기 때문이다. 만약 내가 한 시간 동안 체스판 앞에 앉아 있다면, 그것은 결코 긴장하기 위해서가 아니라 정반대로 정신적인 긴장을 풀기 위해서이다. 체스 '게임을 한다'라는 말에서 이 '게임을 한다'라는 말의 진정한 의미대로 나는 체스 게임을 하는 것이다. 반면에 다른 사람들, 정말 체스 경기를 하는 사람들은, 좀 과감한 신독일어로 표현하자면 체스를 '진지하게 둔다.' 체스를 할 때는 사랑할 때와 마찬가지로 파트너가 필수적이다. 난 우리 말고 승선한 다른 체스 애호가들이 있는지 알 수 없었다. 그래서 그들을 굴 밖으로 유인하기 위해 흡연실에 유치한 덫을 놓았다. 나는 나보다 체스에 약한 아내와 함께 새 사냥꾼처럼 체스판 앞에 앉았다. 정말 우리가 여섯 수도 채 다 놓기 전에 벌써 지나가던 누군가가 멈춰 섰고, 두 번째로 다가온 사람은 지켜봐도 되냐며 허락을 청했다. 결국엔 내가 원하는 대로 한 판 두자는 상대가 나타났다. 그의 이름은 매코너이고 스코틀랜드 출신의 지층 개발 기술자였다. 내가 들은 바로는 캘리포니아에서 유전을 개발하여 엄청난 재산을 모았다고 했다. 거의 사각형에 가까운 단단한 턱에 튼튼한 치아를 가졌고 만취한 이의 피부색을 지녔는데, 도드라진 얼굴 홍조는 아마도, 적어도 부분적으로는 넘치는 위스키 섭취 덕분이었을 것이다. 눈에 띄게 넓은, 거의 운동선수처럼 떡 벌어진 어깨는 안타깝게도 체스 게임을 하는 중에 자기 성격을 눈에 띄게 했다. 이 매코너 씨는 별로 중요하지 않은 게임의 패배로도 벌써 자부심이 떨어진다고 느낄 정도로 자기 성공에 사로잡힌 그런 부류의 인간에 속했다. 살아오면서 자기 의견을 가차 없이 관철시키는 데에 익숙해져 있고 실제로 성공한 탓에 버릇이 잘못 들어서, 이 몸집이 산만 한 자수성가 유형은 한 치의 흔들림도 없이 자신이 우월하다는 생각에 사로잡혀 있었다. 그래서 그에 대한 모든 저항은 무례하기 짝이 없는 거역이 되었고, 거의 모욕처럼 그를 자극하였다. 첫판에서 지자, 그는 이건 그냥 순간의 부주의 때문일 수 있다며 장황하고도 오만하게 설명하기 시작했다. 세 번째 판에서 그는 옆방의 소음에 패배의 책임을 돌렸다.

그는 한 판도 질 생각이 없었기 때문에 지면 곧장 복수전을 신청했다. 처음에 나는 공명심에 차서 불편한 심기를 드러내는 이 모양새를 즐겼지만, 결국엔 세계 챔피언을 우리 탁자로 유인하려는 본래 의도를 위한 불가피한 부수 현상이 되었을 뿐이었다.

셋째 날엔 성공했지만, 절반의 승리일 뿐이었다. 첸토비치가 갑판 산책로에서 선실 창문을 통해 체스판 앞에 모여 있는 우리를 보았는지, 아니면 그저 우연히 흡연실에 들렀던 것인지는 모르지만 어쨌든 우리처럼 아마추어로 체스 두는 사람들이 자신의 예술을 행하고 있는 것을 보자 무의식적으로 한 걸음 다가온 듯했다. 그는 적절한 거리를 유지하면서 우리가 두고 있는 체스판에 평가하듯 눈길을 던졌다. 마침 매코너가 둘 차례였다. 그리고 이한 수는 첸토비치에게 우리의 아마추어적인 노력을 계속 처다보는 것이 세계 챔피언에게는 얼마나 가치가 없는 것인지 알려 주기에 충분해 보였다.

서점에서 권하는 삼류 탐정소설을 책장도 넘기지 않고 밀쳐 낼 때와 똑같은 제스처를 보인 첸토비치는 우리 탁자를 지나 흡연실을 떠났다. '호의적이지만 판단을 너무 쉽게 내리네'라고 생각한 나는 그 차갑고 경멸하는 듯한 눈길에 약간 화가 났다. 그리고 안 좋은 기분을 날려 버리기 위해 매코너에게 "지금 당신이 둔 한 수가 저 챔피언에게 그리 감동을 주지는 못한 모양입니다"라고 말했다.

"무슨 챔피언요?"

나는 그에게 지금 막 우리를 스쳐 지나가면서 우리 게임에 평가하듯 눈길을 던진 신사가 바로 체스 세계 챔피언 첸토비치라고 알려 주었다. 그리고 지금 우리 두 사람은 이를 극복해 내야 할 것이며, 마음에 상처받지 말고 그 사람의 고상한 경멸을 받아들여야 할 것이라는 말을 덧붙였다. 가난한 사람들은 물로 요리할 수밖에 없지 않겠느냐고 말이다. 하지만 놀랍게도 내가 대충 전한 소식은 매코너에게 전혀 예상치 못한 영향을 끼쳤다. 그는 곧 흥분하여 우리가 두던 체스 시합도 잊어버렸고, 공명심이 격하게 요동쳐 밖으로 다 들릴 정도였다. 그는 첸토비치가 이 배에 탔으리라고는 전혀 예상조차 하지 못했고, 첸토비치는 자기랑 무조건 시합을 해야 한다고 말했다. 또 살아평생 40명 동시 대국을 했을 때 말고는 세계 챔피언과 경기해 본 적이 한 번도 없고, 그 대국은 정말 어마어마하게 흥미진진했으며 그때 자기가 거의 이길 뻔했다고 말했다. 그는 내가 그 체스 챔피언을 개인적으로 아는지 물었고, 그렇지 않다고 하자 내가 그에게 말이라도 걸어 우리 자리로 모실 수는 없는지 물었다. 나는 내가 아는 한 첸토비치는 새로운 사람을 사귀곤 하는 그런 붙임성 좋은 사람이 아니라는 이유를 들어 거절했다. 게다가 우리 같은 삼류 선수들과 어울리는 것이 세계 챔피언에게 대체 어떤 매력이 있겠느냐고 말했다.

사실, 삼류 선수라는 말은 매코너 같은 공명심에 찬 부류의 남자에겐 차라리 하지 말았어야 했다. 그는 기분이 상해서 몸을 뒤로 젖히더니, 자신은 첸토비치가 신사의 정중한 요구를 거절하리라고는 생각할 수 없으며, 자기가 자리를 주선해 보겠노라고 거칠게 말했다. 나는 그가 원하는 대로 이 세계 챔피언이라는 사람에 관해 짤막하게 정보를 주었다. 그러자 그는 우리 체스판은 누가 지든지 말든지 그대로 내팽개쳐 둔 채 초조함을 이기지 못하고 갑판 위를 산책하던 첸토비치를 돌격하듯 찾아 나섰다. 그렇게 넓은 어깨를 가진 사람이 뭔가 하나에 꽂히면 제어할 수 없다는 것을 다시금 느꼈다.

나는 상당히 긴장하며 기다렸다. 10분 뒤에 매코너가 돌아왔는데, 그다지 즐거워 보이지는 않았다.

"어떻게 되었나요?"라고 물었다.

"당신 말이 맞았습니다. 아주 편안한 신사는 아니더군요. 내가 누군지 그에게 소개했지만 그 사람은 악수조차도 건네지 않더군요. 전 만약 그가 우리와 동시 대국을 한 판 할 마음이 있다면 배에 타고 있는 우리는 정말 자랑스럽고 영광일 것이라고 설득하느라 아주 노력했답니다. 하지만 그 사람은 수락하지 않았답니다. 빌어먹을! 유감스럽게도 자기는 에이전시와 계약한 의무사항이 있는데, 순회 경기를 하러 다니는 동안에 대국료를 받지 않고 경기하는 것을 명시적으로 허용하지 않는다더군요. 최저 대국료가 시합당 250달러라네요"라고 그가 약간 화를 내면서 말했다.

나는 웃었다. "저라면 그런 생각을 절대 못 했을 겁니다. 검은색 말을 흰색 말 자리로 미는데 그렇게 어마어마한 장사를 할 수 있으리라고 말이죠. 흠, 당신도 마찬가지로 정중하게 인사하고 헤어지셨죠?"

하지만 매코너는 정말 진지했다. "시합은 내일 오후 3시로 잡았습니다. 여기 흡연실로요. 우리가 그리 호락호락하게 두들겨 맞지 않기를 희망해 봅니다." "아니, 뭐라고요? 그 사람한테 벌써 250달러를 주겠다고 공식적으로 동의하신 겁니까?" 나는 너무 당황한 나머지 소리를 지르고 말았다.

"뭐 안 될 것도 없지 않겠습니까? 그게 그의 특기지요!*C'est son métier!* 제가 만약 치통이 있다면, 그리고 우연히도 치과 의사 한 분이 이 배를 타고 있다면, 공짜로 이 좀 뽑아 달라고 요구하지는 않을 겁니다. 그 사람이 두둑한 값을 매기는 것이 맞습니다. 모든 분야에서 능력자들은 가장 훌륭한 장사꾼이기도 하지요. 그리고 나로서는 사업이 명료하면 할수록 더 좋습니다. 첸토비치 씨의 호의를 받고 마지막에 그에게 감사까지 해야 하는 것보다는 차라리 현금을 내겠습니다. 전 우리 클럽에서 하룻밤 새에 250달러 이상을 잃어 본 적도 있답니다. 그러고도 세계 챔피언과는 단독으로 시합해 본 적이 없지요. 첸토비치에게 지는 것은 '삼류' 선수에게는 창피한 것도 아닙니다."

'삼류 선수'라는 내 악의 없는 말이 매코너의 자존감에 얼마나 상처를 입혔는지를 알아채니 재미있었다. 하지만 그가 비싼 대가를 치르려고 궁리하고 있었기 때문에, 그의 지나친 공명심에 대고 뭐라고 지적할 수가 없었다. 그것이 결국은 내 호기심 대상과 안면을 트게 해 줄 테니까 말이다. 우리는 체스 선수라고 자처하던 네다섯 명의 신사들에게 다가올 대국을 설명해 주고, 지나다니는 승객들에게 가능한 한 방해받지 않게끔 옆 탁자도 사전에 예약해 두었다.

다음 날 우리 무리는 약속 시각에 맞추어 전원 나타났다. 챔피언과 마주하는 가운데 자리는 당연히 매코너 씨에게 할당되었다. 그는 독한 시가에 연달아 불을 붙이고 불안한 듯 계속 시계를 쳐다보며 안절부절못했다. 세계 챔피언은 —나는 이미 친구의 이야기를 들었던 터라 익히 그럴 줄 짐작하고 있었다— 족히 10분간 자기를 기다리게 했고, 이 기다림의 시간 때문인지 어쨌든 그의 등장은 한층 더 당당해진 모양새를 띠었다. 그는 조용하고 태연하게 탁자 쪽으로 다가왔다. 자기가 누군지 소개하지도 않는 것이, "내가 누군지는 당신들이 알고 있을 테고, 당신들이 누구인지는 난 관심 없소이다"라고 불손한 태도로 말하는 듯했다. 그는 전문가답게 무미건조하게 사무적으로 지시하기 시작했다. 그는 동시 대국은 사용할 수 있는 체스판이 부족해서 불가능하니 우리가 모두 공동으로 그와 대국을 두는 것은 어떻겠냐고 제안했다. 한 수를 놓고 나면 우리의 고민을 방해하지 않도록 방 끝에 있는 다른 탁자로 가겠노라고, 유감스럽게도 탁자에 벨이 없으므로 우리가 맞수를 놓자마자 숟가락으로 유리를 톡톡 두드리면 된다고 말했다. 또 우리가 다른 의견이 없다면 한 수 놓고 나서 생각하는 시간은 10분이 어떻겠냐고 제안했다. 우리는 마치 부끄러움을 타는 학생들처럼 그가 제안하는 것에 모두 당연한 듯이 동의했다. 체스 말의 색을 정할 때 첸토비치에게 검은색 말이 할당되었다. 그는 곧장 자신이 제안했던 기다리는 장소로 걸어갔다. 그곳에서 그는 편안하게 기대어 화보가 실린 잡지를 대충 넘기고 있었다.

대국이 어떠했는지 보고하는 것은 별 의미가 없다. 대국은 당연히 그렇게 끝날 수밖에 없는 상태로, 우리의 완벽한 패배로 끝이 났다. 그것도 이미 스물네 번째 수에서 대패를 당한 것이었다. 세계 챔피언이 중간 수준도 될까 말까 하는 오합지졸 여섯 명을 가뿐하게 이겨 버린 것은 그 자체로 별로 놀랍지도 않았다. 사실 우리를 불쾌하게 한 것은 첸토비치가 우리를 얼마나 손쉽게 해치울 수 있는지 우리가 모두 분명히 느끼도록 한 그 오만불손한 태도였다. 그는 매번 건성으로 체스판을 쓱 훑어보고는 무시하듯 우리 곁을 스쳐 지나갔다. 우리가 마치 죽은 체스 말이라도 되는 것처럼 말이다. 그리고 이 건방진 태도는 다른 곳을 쳐다보는 비루먹은 개에게 빵 한 조각 던져 주는 것 같은 태도를 나도 모르게 생각나게 했다. 내 생각에 그가 섬세했더라면 우리가 무슨 실수를 했는지 주의 줄 수도 있었을 것이고 아니면 친절하게 한마디 건네면서 우리의 사기를 북돋아 줄 수도 있었을 것이다. 하지만 게임이 끝나고 나서도 이 인간 같지 않은 체스 기계는 다른 한마디 말도 없이 "메이트"라고 한 뒤, 꿈쩍 않고 탁자 앞에 앉아서는 우리가 자기와 한 판을 더 둘 건지 말 건지 기다렸다. 나는 이미 일어서 있었다. 타인의 비난을 감지하는 눈치가 전혀 없는 이 우악스러움에 맞서기 위한 미약한 몸짓이었는데, 달러를 건 이 시합으로 적어도 내 쪽에서는 그를 알게 된 기쁨이 끝났다는 것을 넌지시 알리기 위해서였다. 그때 옆에 있던 매코너가 아주 쉰 목소리로 "복수전 합시다!"라고 말하며 내 화를 돋우었다.

　나는 거의 도발적이다 싶은 그의 목소리 톤에 적잖이 놀랐다. 사실 매코너는 그 순간 정중한 신사라기보다는 상대편을 두드려 패기 직전의 권투 선수 같은 인상을 풍겼다. 그것은 첸토비치가 우리에게 보여 준 불쾌한 태도 때문이든지 아니면 그저 병적으로 쉽게 흥분하는 그의 공명심 때문이었을 것이다. ― 어쨌든 매코너라는 사람은 완전히 변해 버렸다. 앞머리 아래 얼굴이 시뻘게졌고, 두 콧구멍은 심적 압박 때문에 팽팽해졌다. 그는 눈에 띄게 식은땀을 흘렸다. 그리고 싸우듯 돌출된 그의 턱에는 꽉 다문 입술 때문에 날카로운 주름살 하나가 잡혔다. 나는 그의 눈에서 마치 룰렛을 대여섯 번 계속 두 배로 걸었는데도 색을 맞추지 못한 사람의, 그런 통제 불능의 열정이 불타오르는 것을 인식하고는 불안해졌다. 순간 나는 광적인 공명심에 사로잡힌 이 사람이 전 재산을 걸고 첸토비치와 시합을 해서 단 한 번의 우승을 거머쥘 때까지 주야장천 게임을 하게 되리라는 것을 알아차렸다. 첸토비치가 끝까지 버틴다면, 매코너에게서 일종의 금광을, 그가 부에노스아이레스에 도착할 때까지 몇 번이나 수천 달러를 캐낼 수 있는 금광을 발견하는 셈이었다.

첸토비치는 미동도 없이 그대로 있더니, "그러시죠"라고 정중하게 대답했다. "신사분은 이제 검은색 말을 잡으세요!"

두 번째 판의 모양새도 첫판과 전혀 다르지 않다. 호기심에 모여든 사람들로 규모가 보다 커졌을 뿐만 아니라 더 활기를 띤 것만 제외하고 말이다. 매코너는 뚫어지게 체스판을 바라보았다. 이기고야 말겠다는 일념으로 체스 말들에게 최면이라도 거는 듯했다. 이 냉혹한 적수에게 '메이트'라고 소리 지를 수만 있다면 그는 수천 달러쯤은 환호를 지르며 내버릴 것이라는 느낌이 들었다. 기이하게도 뭔가 언짢아 보이는 그의 흥분이 무의식적으로 우리에게 전해졌다. 한 수 한 수를 두고 전과는 비교도 할 수 없을 정도로 열정적인 논의가 이루어졌는데, 첸토비치를 탁자로 다시 부르는 신호에 합의하기 직전이면 늘 우리는 차례로 꼬리를 내렸다. 우리가 서른일곱 번째 말을 놓아야 할 시간에 점차 다다랐을 때, 놀랍게도 어이없을 정도로 우리 진영에 승산이 있어 보이는 체스 배열이 등장했다. 왜냐하면, 우리가 c라인의 폰을 마지막 바로 앞 칸인 c2까지 옮기는 데 성공했기 때문이었다. 새로운 퀸 하나를 얻기 위해서 우리는 그저 그 말을 c1 앞으로 옮기기만 하면 되었다. 너무 명백한 기회에 그렇게 썩 기분이 좋은 것은 아니었다. 모두가 만장일치로 의심했다. 우리가 얻어 낸 것처럼 보이는 유리한 상황은 체스판 상황을 훨씬 더 넓은 시야로 훑어보는 첸토비치가 의도적으로 우리에게 던진 낚싯바늘이라고 말이다. 하지만 모두가 애써 찾고 토의했음에도 은폐된 속임수를 찾아낼 수는 없었다. 마침내 허용된 숙고의 시간이 끝날까 말까 할 무렵에 우리는 그 수를 감행해 보기로 했다. 매코너는 이미 폰을 마지막 칸으로 밀려고 체스 말을 잡았는데, 그 순간 팔이 누군가에게 움켜잡힌 것 같은 기분이 들었다. 누군가가 낮은 목소리로 황급하게 속삭였다. "맙소사, 안 됩니다!"

무의식적으로 모두가 몸을 돌렸다. 한 45세쯤 되어 보이는 신사였는데, 갸름하고 예리한 그의 얼굴은 분칠한 듯이 묘하고 창백한 낯빛이어서 전에 갑판을 산책할 때 내 눈에 띈 적이 있었다. 그는 우리가 모든 주의력을 그 문제에 쏟고 있던 마지막 순간에 우리에게 다가온 것이 분명했다. 그가 우리 눈길을 느낀 듯 황급하게 덧붙였다.

"여러분이 지금 퀸을 잡으시면 그가 당장 퀸을 c1의 비숍으로 칠 겁니다. 나이트를 후퇴시키세요. 그렇지만 그사이에 그가 자유로운 폰을 d7으로 옮기고 당신의 룩을 위협할 겁니다. 비록 그가 나이트로 체스를 외친다고 해도 여러분은 지게 됩니다. 아홉 수나 열 수 정도 두고 나면 끝나는 거지요. 이건 1922년 피에스타니에서 열린 체스 대회에서 알레킨이 보골류보프에게 도전할 때 했던 것과 같은 체스 배열입니다."

매코너는 어안이 벙벙해져 체스 말에서 손을 떼고 우리 못지않게 감탄하더니, 마치 뜻밖의 천사처럼 하늘에서 뚝 떨어진 그 남자를 쳐다보았다. 아홉 수나 미리 내다보고 메이트를 계산할 수 있는 사람이라면 최고 수준의 전문가임이 틀림없을 것이다. 같은 대회에 참가하기 위해 여행 중인, 챔피언 타이틀을 두고 경쟁하는 그런 사람일지도 모른다. 갑자기 와서 바로 이렇게 절체절명의 순간에 체스판에 개입한 것은 뭔가 거의 초자연적인 면이 있었다. 매코너가 가장 먼저 마음을 가다듬고는, "당신이라면 어떻게 하시겠습니까?"라고 흥분해서 속삭였다.

"당장 앞으로 나아가지는 마시고 우선은 피하세요. 무엇보다도 킹을 위험한 g8에서 h7으로 옮기십시오. 그러면 저 사람은 아마 다른 측면을 공격할 겁니다. 하지만 c8에서 c4 룩으로 막아 내세요. 이렇게 하면 저 사람은 두 수를 내줘야 할 거고, 폰을 하나 희생하면서 우위를 점하게 될 겁니다. 그다음에는 자유로운 폰 대 폰끼리 마주 보게 될 거고, 잘만 방어한다면, 무승부도 될 겁니다. 더는 건질 게 없네요."

우리는 또 한 번 깜짝 놀랐다. 그의 계산은 신속한 것 못지않게 정확하기도 해서 사람을 어리둥절하게 만들었다. 마치 인쇄된 책을 보며 체스 말의 움직임을 읽어 내기라도 하는 것 같았다. 그가 개입한 덕분에 얻은, 세계 챔피언을 상대로 우리 측이 무승부를 가져올 수 있는 이 예기치 못한 기회는 거의 마술 같았다. 우리는 그가 체스판을 보는

데 시야를 가리지 않도록 한쪽으로 모두 비켜섰다. 다시 한번 매코너가 물었다.

"그러니까 킹을 g8에서 h7으로 옮기라는 거죠?"

"그럼요! 무엇보다 피하셔야!"

매코너는 그 말을 따랐고, 우리는 유리잔을 톡톡 두들겼다. 첸토비치는 습관으로 굳은 뭘 어찌해도 상관없다는 발걸음으로 우리 탁자로 다가왔다. 그리고 한번 쓱 쳐다보더니 대응수를 계산하고는 킹 진영에 있는 폰을 h2에서 h4로 밀었다. 그 미지의 도우미가 예견했던 것과 똑같이 말이다. 그러자마자 벌써 이 사람은 흥분해서 속삭였다.

"룩을 앞으로, 룩을 앞으로, c8에서 c4로, 그러면 저 사람이 폰을 막을 수는 있을 겁니다. 그래도 저 사람에겐 전혀 도움이 안 될 겁니다. 저 사람 폰을 신경 쓰지 마시고 나이트를 d3에서 e5로 옮기면서 치세요. 다시 균형이 잡힐 겁니다. 방어하지 마시고 전력을 다해 전진할 것!"

우리는 그가 대체 무슨 말을 하는지 이해하지 못했다. 그가 우리에게 한 말은 중국어나 매한가지였다. 하지만 이미 그의 매력에 빠져 버린 매코너는 궁리하는 대신에 그 사람이 제안한 대로 움직였다. 우리는 첸토비치를 불러오기 위해 유리잔을 다시 두드렸다. 처음으로 첸토비치는 단번에 결정하지 못했고 흥미로운 듯 체스판을 내려다보았다. 그는 자기도 모르게 눈썹을 찌푸렸다. 그런 다음에 그는 낯선 이방인이 우리에게 예고했던 바로 그 수를 놓고 다시 제자리로 가려고 몸을 돌렸다. 그러나 되돌아가기 전에 예전에 없던 일이, 전혀 기대하지도 않았던 일이 일어났다. 첸토비치가 시선을 들어 우리 줄을 자세히 관찰한 것이다. 누가 그에게 단번에 그렇게 강한 반격을 가했는지 찾아내고 싶어 한 게 분명했다.

우리의 흥분이 가히 잴 수 없을 정도로 커진 것은 바로 이 순간부터였다. 지금까지 우리가 진정

희망을 품고 경기한 것은 아니었다. 그러나 지금은 첸토비치의 저 차가운 교만을 깨부수겠다는 생각에 갑자기 열이 훅 나면서 우리의 맥박이 요동쳤다. 우리의 새 친구는 벌써 다음 수를 어떻게 놓으라고 지시했고 우리는 ―유리잔을 숟가락으로 두드릴 때 내 손가락이 떨렸다― 첸토비치를 부를 수 있었다. 우리의 첫 승리가 다가왔다. 지금까지 항상 서서 체스를 두었던 첸토비치는 주저하고, 주저하더니 급기야는 자리를 잡고 앉았다. 그는 천천히 느릿느릿 의자에 몸을 올렸다. 이로써 육체적으로만 보아도 위에서 내려다보던 그와 밑에서 올려다보던 우리라는 지금까지의 자세가 무너졌다. 우리는 적어도 그가 공간적으로나마 우리와 같은 층위에 있도록 만든 것이다. 그는 오랫동안 숙고했고, 눈은 못에 박힌 듯 체스판을 내려다보고 있었다. 그래서 검은색 눈썹 아래의 눈동자를 더는 거의 알아볼 수가 없었다. 잔뜩 긴장하며 생각하느라 점차 그의 입도 벌어지기 시작했고, 이 모습은 그의 둥 그런 얼굴을 어쩐지 좀 우둔하게 보이게 했다. 첸 토비치는 몇 분간 고민하더니 한 수를 두고는 일어 섰다. 그러자 우리 친구가 속삭였다.

"오랫동안 질질 끈 수군요! 잘 생각했네! 하지만 거기 말려들지 마세요! 맞바꾸기를 강요하세요, 반 드시 맞바꾸기 수를 두서야 합니다. 그러면 우리는 무승부로 끝낼 수 있습니다. 어떤 신이라도 그를 도울 수는 없을 겁니다."

매코너는 순순히 따랐다. 그다음에 그들이 주고 받은 체스 말을 ─나머지 우리는 이미 오래전에 멍 한 엑스트라로 전락해 있었다─ 우리가 이해할 순 없었다. 한 일곱 수를 두고 난 후 첸토비치는 전보 다 좀 더 긴 시간 생각을 하더니 고개를 들고 "무승 부"라고 밝혔다.

순간 정적이 흘렀다. 갑자기 살랑거리는 파도 소 리, 살롱에서 흘러나오는 라디오의 재즈 소리, 갑판 위에서 산책하는 발소리, 창문 틈새로 들어오는 나지막하고 섬세한 바람의 쏴 하는 소리가 들렸다. 우리는 모두 숨죽이고 있었다. 정말 갑작스럽게 이 순간이 닥친 것이다. 미지의 인물이 세계 챔피언에게 이미 반은 진 경기에서 자신의 의지를 관철시킨 이 있을 수 없는 일에 전원이 아직도 충격을 받은 상태였다. 매코너는 획 몸을 젖혔다. 꾹 참고 있던 숨이 그에게 들릴 정도로 행복한 '아!' 소리를 내며 입술에서 터져 나왔다. 나는 다시금 첸토비치를 관찰했다. 이미 마지막 수를 놓을 때 그의 안색이 전보다 더 창백해진 것처럼 보였다. 하지만 그는 자신을 잘 추스를 줄 알았다. 무덤덤한 것처럼 보이는 경직상태를 고수하다가 체스 말을 침착하게 체스판에서 밀어내면서 그는 자연스럽게 물었다. "신사분들은 세 번째 판을 원하시나요?"

그는 이 질문을 아주 사무적으로, 순수하게 사업적으로 던졌다. 하지만 기이했던 것은, 그가 이 질

문을 하며 매코너 씨를 쳐다본 것이 아니라 우리의
구원자를 향해 날카롭게, 똑바로 눈길을 겨눈 것이
었다. 마치 말이 더 확실하게 안장에 앉은 사람이
새로 온 더 나은 기수라는 것을 느끼는 것처럼, 마
지막 몇 수에 누가 그의 실제 적인지, 자기의 원래
적인지를 알아차린 것이 분명했다. 무의식적으로
우리는 그의 눈길을 따랐고 긴장한 채로 낯선 이를
쳐다보았다. 이 낯선 이가 결정을 내리기도 전에,
아니 그가 대답하기도 전에 공명심에 가득 차 흥분
을 제어하지 못하던 매코너가 승리를 확신한 듯 그
에게 소리쳤다. "당연하죠! 하지만 이젠 일대일로
경기해 봅시다. 당신 혼자서 첸토비치를 상대하는
거요!"

그러자 전혀 예상하지 못한 일이 생겼다. 그 낯
선 이는 기이하게도 여전히 긴장을 풀지 않고 이미
다 치워진 체스판을 노려보고 있었는데, 모든 사람
의 시선이 자신을 향해 있고 몹시도 감동해서 말을

걸었음을 알고는 깜짝 놀라 벌떡 일어섰다. 당황한 얼굴이었다.

"신사 여러분, 절대 안 됩니다." 그는 눈에 띄게 당황해서 말을 더듬었다. "그건 절대 있을 수 없는 일입니다… 전 전혀 고려대상이 되지 못합니다… 전 20년 동안, 아니 25년 동안 체스판 앞에 앉아 본 적이 없습니다…. 여러분의 허락도 없이 체스 게임에 개입해서 얼마나 무례한 행동을 했는지 이제야 비로소 알게 되었습니다…. 저의 주제넘은 행동을 부디 용서해 주시기 바랍니다…. 더는 방해하고 싶지 않습니다." 놀란 우리가 제정신을 차리기도 전에 그는 벌써 물러나 방을 떠나 버렸다.

"말도 안 돼!" 격정적인 매코너는 주먹을 치면서 으르렁거렸다. "저 사람이 25년 동안이나 체스 한 번 안 두었다는 건 정말 말도 안 되는 일입니다! 저 사람은 매번, 상대방의 수를 다섯 수나 여섯 수 앞서 계산했단 말입니다. 그건 누구도 쉽게 할 수 있는 게 아니죠. 그건 절대로 말이 안 되는 겁니다.
— 안 그렇습니까?"

이 질문을 하며 매코너는 무의식적으로 첸토비치를 쳐다보았다. 하지만 이 세계 챔피언은 흔들리지 않고 차가운 자세를 유지했다.

"그에 대해서는 제가 뭐라고 판단을 내리진 않겠습니다. 어쨌든 그 신사분은 뭔가 낯설고 흥미롭게 체스를 두셨죠. 그래서 제가 의도적으로 기회를 한 번 더 드린 겁니다." 그는 이 말을 하면서 자연스럽게 일어나더니 사무적인 태도로 덧붙였다.

"그 신사분 혹은 여러분께서 내일 한 번 더 시합하실 의향이 있으시거든, 전 3시부터 대국할 수 있습니다."

나지막한 웃음을 우리는 참을 수가 없었다. 첸토비치가 속이 넓어서 그 미지의 조력자에게 기회를 한 번 더 준 것이 절대 아니라는 것과, 그것이 사실은 순진한 핑계로 위장한 거절에 지나지 않는다는 것을 우리는 모두 알고 있었다. 그럴수록 그런 부류의 거만함이 꺾이는 것을 보고자 하는 우리의 갈망은 더욱 격렬해지고 커졌다. 평화롭고 느긋했던 우리 승객들에게 갑자기 거칠면서도 공명심에 불타는 대결 욕구가 밀어닥쳤다. 대서양 한복판에 떠있는 우리 배 위에서 체스 챔피언이 쓴 승리의 월계관을 빼앗을 수 있을 것이라는 생각이 ―그렇게 된다면야 그것은 모든 통신국으로부터 전 세계로 번개처럼 순식간에 퍼질 만한 기록이 되는 건데― 아주 도발적으로 우리를 매료시켰다. 게다가 정말 결정적인 순간에 예상치 않게 개입한 우리 구세주의 거의 겁에 질린 듯한 겸손함과 프로 선수의 단호한 자신감의 대조에서 나온 비밀스러운 매력도 더해졌다. 이 미지의 신사는 누구란 말인가? 아직 발굴되지 못한 체스 천재가 우연히 모습을 드러낸 것인가? 아니면 유명인사가 알 수 없는 이유로 자신의 이름을 우리에게 숨기고 있는 것인가? 이 모든 가능성을 두고 우리는 열띤 토의를 벌였다. 낯선 이방인의 그 수수께끼 같은 소심함과 놀라운 고백을 명백하게 뛰어난 체스 실력과 어떻게든 연결지어 보려는 온갖 가설이 나왔다. 어쨌든 다음에 열릴 시합을 결코 포기할 수 없다는 점에서 우리는 모두 같은 의견이었다. 우리의 조력자가 다음 날 첸토비치와 대국을 펼치도록 모든 것을 다 해 보자고 우리는 결정했다. 시합에 드는 경비는 매코너가 책임지기로 했다. 그러는 사이에 승무원들에게 물어보니 그 미지의 신사는 오스트리아 사람이라는 것이 밝혀졌고, 동향 사람이라는 이유로 우리의 부탁을 그에게 전하는 임무가 나에게 맡겨졌다.

그렇게 급히 사라진 사람을 갑판을 산책하면서 찾아내기까지는 그리 오래 걸리지 않았다. 그는 비치 의자에 누워 책을 읽고 있었다. 그에게 다가가기 전에 잠시 그를 관찰했다. 그는 윤곽이 뚜렷한 얼굴을 약간 피곤한 모습으로 쿠션에 대고 있었다.

비교적 젊은 얼굴에 이상하게도 창백한 낯빛이 특히 눈에 띄었다. 머리카락은 관자놀이 주변에서 하얗게 반짝였다. 어째서인지는 모르겠지만 이 남자는 갑작스럽게 늙어 버린 것이라는 인상을 받았다. 내가 그에게 다가서자마자 그는 공손하게 몸을 일으켜 이름을 대며 자신을 소개했다. 그 이름이 명망 있는 옛 오스트리아 가문 중 하나여서 금방 친근감이 느껴졌다. 그 이름을 가진 사람 중에는 슈베르트와 아주 친한 친구도 있었고, 이 가문 출신으로 옛 황제의 주치의였던 사람도 있었다는 사실이 기억났다. B. 박사에게 첸토비치의 도전을 받아 주십사 하는 우리의 소망을 전달했을 때, 그는 눈에 띄게 당황해 했다. 그 체스 시합 때 자기가 세계 챔피언을, 그것도 현재 가장 성공한 챔피언을 영광스럽게 이겼다는 것을 꿈에도 상상하지 못한 것이 분명했다. 어떤 이유인지는 모르지만, 이 소식은 그에게 특별한 인상을 준 것처럼 보였다. 왜냐하면, 자신의 상대가 정말로 인정받은 세계 챔피언이 확실하냐고 내게 자꾸 되물었기 때문이었다. 나는 곧 이 상황이 내 과제를 수월하게 해 주리라는 것을 눈치챘다. 그가 예민한 사람이라는 것을 느꼈기 때문에 혹시 진다면 물질적인 위험은 매코너의 계좌에서 해결되리라는 말은 하지 않는 것이 낫겠다고 생각했다. 한참을 망설이다가 B. 박사는 마침내 시합할 의사가 있다는 것을 밝혔고, 다른 신사분들이 자신의 능력에 과도한 희망을 품지 말도록 한 번 더 경고해 달라고 분명하게 부탁했다.

"왜냐하면 제가 체스 시합을 모든 규칙에 맞게 할 수 있을지 정말 모르기 때문입니다"라고 그는 생각에 잠긴 듯 미소를 지으며 덧붙였다. "고등학교 시절 이래로 그러니까 20년 이상이나 체스 말을 건드린 적이 없다고 말했던 것은 제가 지나치게 겸손해서 그런 것이 아니라는 것을 부디 믿어 주시기 바랍니다. 물론 그 시절에도 특별한 재능 없이 그저 게임하는 사람일 뿐이었죠."

이런 이야기를 너무나 자연스럽게 해서 그의 솔직함에 어떤 일말의 의심도 품어서는 안 될 것만 같았다. 그런데도 나는 그가 얼마나 정확하게 여러 챔피언이 사용했던 각 조합의 수를 기억하고 있는지를 보고 너무나 경탄했다고 표현하지 않을 수 없었다. 어찌 되었든 그가 적어도 이론적으로는 체스에 전념했던 것이 틀림없다고 말이다. B. 박사는 또다시 기묘하게 몽상적인 미소를 지었다.

"아주 전념했었죠! ― 신이 아시는 거지요, 그건. 전 정말 체스에 아주 전념했었다고 말할 수 있을 겁니다. 하지만 그건 정말 특수한, 그러니까 정말 한 번 있을까 말까 한 그런 상황에서 벌어졌던 일이랍니다. 꽤 복잡한 이야기인데, 사랑스럽고 위대한 시대에 어쨌든 작은 도움이 될 수도 있겠네요. 한 삼십 분 정도 인내심을 가지고 들어 주실 수 있으시다면…."

2

그가 옆에 있는 의자를 가리켰다. 흔쾌히 그의
초대를 받아들였다. 우리 주위에는 아무도 없었다.
B. 박사는 쓰고 있던 독서용 안경을 벗어서 옆에다
놓고는 이야기를 시작했다.

"당신이 빈 출신으로 제 가족의 이름을 기억한다
고 말씀하시니 정말 반갑네요. 하지만 제 생각에는
제가 아버지와 함께 운영하다가 후에는 혼자 운영
한 법률사무소에 대해서는 전혀 들어 보신 적이 없

을 거 같은데요. 우린 신문에 공공연하게 오르내리는 소송 사건은 다루지 않았답니다. 그리고 사업 원칙상 새로운 고객은 받지 않았지요. 실제로 우리 법률사무소는 정확하게 말하자면 법률사무소가 아니었고 법률 상담과 대형 수도원의 재정 일로만 업무를 제한해 일했습니다. 특히 제 아버님이 가톨릭 성직자 정당의 전직 의원이셨기 때문에 가까이 알고 지내는 수도원의 재정 업무에 국한해서만 일을 한 거죠. 게다가 우리는 —군주정이 역사가 되었으니 오늘날에는 이런 말을 해도 괜찮겠지요— 황제 가족 중 몇 사람의 자금 관리도 위탁받았습니다. 궁정과 수도원과의 이 결합은 벌써 두 세대 전으로 거슬러 올라갑니다. 제 삼촌이 황제의 주치의셨고, 또 다른 삼촌은 자이텐슈테텐의 수도원장이셨습니다. — 우리는 그저 이 관계를 계속 이어 나가면 되었지요. 그것은 조용한, 거의 대대로 이어진 신뢰를 통해 우리에게 주어진, 잡음 없는 일이었다고 말하고 싶네요. 무엇보다 엄격한 비밀 유지와 신뢰를 가장 요구했고, 이 두 가지 속성은 돌아가신 아버지가 가장 확실하게 지켜 드릴 수 있는 거였죠. 아버지는 정말 인플레이션이 일어난 시기뿐만 아니라 변혁 시기에도 신중하게 고객들의 상당한 자산을 지켜 낼 수 있었답니다. 그런데 히틀러가 독일에서 정권을 잡고 교회와 수도원의 재산을 강탈하기 시작했을 때, 우리 손을 통해 적어도 유동자산만은 압류당하지 않도록 국경 너머로부터 많은 협상과 교섭 건이 들어왔습니다. 로마 교황청과 황제 가문 사이에 어떤 비밀스러운 정치적 협상이 벌어졌는지는 당시 일반인들보다 우리가 확실히 더 많이 알고 있었죠. 그러나 우리 법률사무소가 눈에 띄지 않는다는 점과 —우리는 대문에 간판조차도 한 번 내건 적이 없었습니다— 우리 양측이 군주정에 관련된 것이라면 모두 분명하게 피한 신중한 자세는 불필요한 뒷조사를 피할 수 있는 가장 안전한

보호막이 되어 주었죠. 사실 이 시기에 황제가의 비밀 특사들이 가장 중요한 우편물을 이 집 건물 4층에 있는 눈에 띄지 않는 법률사무소에서 가져가고 가져왔다는 것을 오스트리아의 어떤 관청도 짐작조차 하지 못했을 겁니다.

세계를 상대로 군대를 갖추기 훨씬 전에 나치는, 나치만큼이나 위험한 군사교육을 받은 군대를 이웃 나라들에서 조직화하기 시작했습니다. 불이익을 당한 자들과 뒤처진 자들 그리고 모욕받은 자들로 구성된 용병대였죠. 모든 관청과 모든 기업에 그들이 말하는 소위 '세포'라는 것이 둥지를 틀고 있었는데, 모든 자리에, 저 윗자리인 돌프스와 슈슈니크의 개인 방에까지 그들의 염탐꾼과 스파이들이 앉아 있었습니다. 유감스럽게도 너무 늦게 알게 되었지만, 거의 눈에 띄지도 않는 우리 법률사무소에조차 그들의 사람이 한 명 있었다네요. 물론 그 사람은 우리 법률사무소가 정상적으로 운영하고 있다는 것을 외부에 보여 주기 위해서 어느 신부의 추천으로 고용한 딱하고 태만한 서기에 지나지 않았지만요. 실제로 우리는 이 사람을 중요하지 않은 서류 전달 일 외에 딱히 활용한 적은 없습니다. 전화를 받게 하고, 서류를 정리하게 시켰죠. 무슨 말이냐 하면 정말 완전히 봐도 안 봐도 상관없는 그런 서류들이나 뭐 생각할 것도 없는 그런 서류 관련 일만 시켰다는 거죠. 우편물은 절대 열어 봐서는 안 되었고, 중요한 서류는 제가 모두 썼는데, 복사본도 일절 남기지 않고 제 손으로 타자를 쳤습니다. 중요한 서류는 모두 직접 집으로 가져갔고 비밀협의 문건은 수도원이나 제 삼촌의 진료실에만 두었답니다. 이 예방 조치 덕분에 이 염탐꾼은 핵심적인 서류는 하나도 볼 수 없었습니다. 하지만 불행하게도 우연히 그 공명심 넘치며 교만한 놈이 우리가 자기를 불신하고 자기 등 뒤에서 온갖 흥미로운 일들을 벌이고 있다는 것을 눈치챈 게 틀림없어요. 제가 없었을 때 여러 급사 중 한 명이 약속한 대로 '폐른 남작'이라고 쓰지 않고 경솔하게도 '황제 폐하'라고 쓴 적이 있다거나, 그 사기꾼이 편지를 몰래 뜯어보았거나 한 것이 분명합니다. — 어쨌든 제가 의심하기 전에 뮌헨이나 베를린에서 우리를 감시하라는 지시를 받았던 겁니다. 아주 나중에서야 비로소, 제가 구속되고 나서도 한참이 지났을 때 기억이 나더란 말입니다. 이놈이 처음에는 일을 건성으로 하더니 마지막 몇 달 동안은 갑자기 열정적인 인간이 되어 우체국에 우편물 배달할 것이 없냐며 여러 번 거의 독촉하듯이 보채지 뭡니까. 제가 어느 정도 부주의했었다는 비난을 벗어나긴 어렵겠네요. 하지만 거물급 외교관들과 군인들도 종국에는 교활한 히틀러 일당에게 기만당하지 않았습니까? 비밀경찰은 정확하고 친절하게 이미 오래전부터 제게 주의를 기울이고 있었습니다. 이 점은 슈슈니크가 사퇴 사실을 알렸던 바로 그날 저녁, 히틀러가 빈으로 쳐들어오기 하루 전에 제가 나치 친위대에 체포되었다는 사실이 아주 구체적으로 증명하고 있지요. 슈슈니크의 고별 연설을 라디오에서 듣자마자 몹시 중요한 서류들을 모두 불태워 버릴 수 있어서 정말 다행이었답니다. 그리고 나머지 서류들과, 수도원과 두 대공이 외국에 예치한 재산의 가치를 증명하는 데에 꼭 필요한 서류들은 그놈들이 주먹으로 문을 두드리기 전, 정말이지 마지막 순간에 빨래 바구니에 숨겨서 신뢰할 만한 나이 든 가정부를 통해 제 삼촌에게 전달할 수 있었습니다."

B. 박사는 궐련을 한 대 피우기 위해 잠시 말을 멈췄다. 깜박거리는 담배 불빛에서 나는 그의 오른쪽 입가가 신경성 경련을 일으키고 있는 것을 알아차렸다. 이미 전에도 내 눈에 띄던 것이었는데 관찰을 해 보니 몇 분마다 경련이 일어나고 있었다. 그건 거의 스치는 움직임에 불과했고 입김 정도의

세기였지만, 얼굴 전체에 기이한 불안감을 드리우고 있었다.

"이제 제가 당신께 우리 옛 오스트리아에 충성한 사람 모두가 끌려갔던 강제수용소 이야기를 하리라고 아마 추측하고 계시겠죠? 제가 거기서 겪은 굴욕과 고문, 고문 기구 등에 관한 이야기 말입니다. 하지만 그런 종류의 일은 일어나지 않았어요. 저는 다른 범주에 속했습니다. 저는 그들이 육체적이고 정신적인 굴욕감을 줌으로써 오랜 시간 아껴 온 적개심을 맘껏 풀던 그런 불행한 인간에 내몰리지는 않았습니다. 저는 나치가 돈이나 중요한 정보를 쥐어짜 내고 싶어 하는 그런 아주 소규모 무리에 속했습니다. 저의 겸손한 성격 그 자체는 비밀경찰에게 완벽히 관심 밖이었죠. 그러나 그들은 우리 같은 허수아비가, 그들이 가장 분개하는 적의 신임을 받는 자, 관리인임을 분명히 알고 있었습니다. 그들이 저를 겁박해서 얻어 내고자 했던 것은 가장 부담이 되는 자료들이었습니다. 수도원의 재산 은닉을 증명하는 자료, 황제 가문이나 오스트리아에서 자신을 희생해 가며 왕정을 위해 몸 바친 사람 모두를 얽어맬 수 있는 자료들 말입니다. 그들은 우리 손을 통해 나간 자산 중에서 핵심적인 것들은 여전히 그들의 강탈 욕구가 미치지 못하는 곳에 숨겨져 있다고 생각하는 것 같았습니다. ─ 그리고 그 추측이 사실 틀린 것도 아니었지요. 그래서 절 데려가서는 첫날에 곧장 정평이 난 그들 방식으로 내게서 이 비밀을 강제로 알아내려 했습니다. 중요한 자료나 돈을 억지로 캐내야 하는 저와 같은 부류의 사람들은 강제수용소로 후송되지 않고 남아서 특별 취급을 받게 되었습니다. 우리 수상, 다른 이름으로는 로스차일드 남작 그리고 그들이 수백만 달러를 빼낼 심산이었던 남작의 친척들은 절대 철조망 뒤에 있는 포로수용소로 후송되지 않고 얼핏 배려해 주는 것처럼 보이는 호텔, 그것도 메트로폴 호텔로 이송된 것을 아마 기억하실 겁니다. 이 호텔은 게슈타포의 군사사령부였지요. 호텔에서 각자 방 하나씩 배정을 받았습니다. 저처럼 눈에 띄지 않는 사람에게도 이런 특혜가 베풀어졌지요.

호텔 독방 — 굉장히 인간적으로 들리죠, 안 그렇나요? 하지만 우리 '유명인들'을 스무 명씩 얼음처럼 차가운 임시수용소에 몰아넣는 대신 난방이 괜찮은 호텔 방에 머물게 했다고 해서 그들이 우리에게 인간적인 방식을 쓴 것은 결코 아니었습니다. 오히려 비교해 보면 더 교활한 방식을 준비했던 것이라는 사실을 당신이 믿어 주셨으면 합니다. 왜냐하면, 우리를 강요해서 그들이 필요한 자료를 얻어내려고 쓴 압박은 그저 두들겨 패거나 육체를 고문해서 얻어 내는 것보다 훨씬 더 섬세한 방법으로 작용했지요. 사실 그건 정말 생각하면 할수록 영리한 '고립'이라는 방법이었습니다. 그들은 우리에게 아무 짓도 하지 않았습니다. ― 그들은 우리를 그저 완벽한 '무無'의 상황에 세워 놓았습니다. 잘 알려져 있다시피 지구상의 그 어떤 것도 무처럼 인간의 영혼에 압력을 가하는 것은 없으니까요. 우리모두를 각각 완벽한 진공상태, 다시 말해 완벽하게 외부 세계와 차단된 방 안에 가둠으로써 채찍과추위처럼 외부에서 가해지는 압력 대신에 내부에서 만들어진 압력으로 결국에는 우리의 입을 폭파해 열게 하는 것입니다. 내게 할당된 방은 첫눈에는 조금도 부족함 없이 안락해 보였습니다. 문 하나, 침대 하나, 안락의자 하나, 세면대 하나, 창살이있는 창문이 하나 있었습니다. 하지만 문은 밤낮으로 잠겨 있었고, 탁자 위에는 책이나 신문은 물론종이 한 장, 연필 한 개도 놓여 있지 않았습니다. 창문은 방화벽을 바라보고 있었고 저의 자아와 심지어 제 자신의 몸 주변조차 완벽한 무가 에워싸고있었습니다. 그들은 제게서 모든 물건을 빼앗았습니다. 시간을 알지 못하도록 시계를 빼앗았고, 뭔가 쓸 수 없도록 연필을 빼앗았으며, 손목을 긋지 못하도록 칼을 빼앗았습니다. 가장 작은 마취제인 담배 한 개비조차도 제게 허용되지 않았죠. 한마디 말도 안 되고 어떤 질문에도 답해서는 안 되는 감시인 외에는 어떤 인간의 얼굴도 못 보았고, 인간의 어떤 목소리도 듣지 못했습니다. 눈과 귀, 모든 감각이 아침부터 저녁까지, 밤부터 아침까지 최소한의 양분도 얻지 못한 채, 자기 자아와 자기 육체와 탁자와 침대, 창문, 세면대 같은 소리 없는 네댓 개의 사물에 대책 없이 둘러싸여 있을 뿐이었습니다. 마치 검은 침묵의 바닷속에서 유리 투구를 쓴 잠수부가, 외부 세계로 향한 밧줄이 끊어져 소리 없는 심연에서 결코 물 위로 올라갈 수 없음을 예감한 것만 같았습니다. 할 일이 아무것도 없었습니다. 들을 것도 볼 것도 아무것도 없었고 줄곧 저 한 사람을 둘러싸고 무만이, 완벽하게 실체도 없고 시간의 흐름과도 상관없는 공허만이 있을 뿐이었습니다. 저는 왔다 갔다 했습니다. 생각도 함께 왔다 갔다 했지요. 왔다 갔다, 계속해서 왔다 갔다 했답니다. 하지만 그렇게 실체가 없어 보이는 그 생각조차도 하나의 거점이 필요합니다. 그렇지 않으면 생각은 돌기 시작하지요. 의미 없이 자전하기 시작합니다. 생각조차도 무를 견뎌 내지 못합니다. 뭔가를 기다렸습니다. 아침부터 저녁까지, 아무 일도 일어나지 않았습니다. 기다리고, 기다리고, 기다렸습니다. 생각하고, 생각하고, 생각했습니다. 관자놀이가 아플 때까지 말입니다. 아무 일도 일어나지 않았습니다. 혼자 있었습니다. 혼자, 혼자 말이죠.

그렇게 열나흘이 흘렀습니다. 제가 시간 밖에, 세상 밖에 살았던 시간이었죠. 설령 그 당시 전쟁이 터졌다 해도, 전 아무 소식도 못 들었을 겁니다. 제 세상은 탁자, 문, 침대, 세숫대야, 소파, 창문 그리고 벽만 품고 있었고, 저는 똑같은 벽에 붙어 있는 똑같은 벽지를 늘 뚫어지게 쳐다보았습니다. 톱니 패턴 벽지의 모든 선을 마치 황동 조각칼로 내 뇌의 가장 안쪽 주름에까지 새겨 넣은 것만 같았습니다. 그렇게 오랫동안 저는 그 벽지를 뚫어지게 쳐다보고 있었던 겁니다. 그러고 나서 마침내 심문이 시작되었습니다. 밤인지 낮인지도 잘 알지 못하는데 갑자기 호출을 받았습니다. 복도 몇 개를 지나 어딘가로 불려 갔습니다. 어디로 가는 건지 알지도 못하면서 말입니다. 그런 다음 어디선가 기다렸는데 어딘지는 알 수가 없었고 갑자기 제복 입은 사람이 서너 명 앉아 있는 어떤 탁자 앞에 섰습니다. 탁자 위에는 무슨 내용이 들어 있는지 알 수 없는 서류가 한 뭉치 놓여 있었습니다. 그리고 온갖 질문이 시작되었습니다. 진짜 질문들과 가짜 질문들, 분명한 질문들과 악의적인 질문들, 위장된 질문들과 유도 질문들을 던지고, 제가 대답을 하는 동안에 낯설고 사악한 손가락은 무슨 내용인지 알 수 없는 서류를 한 장 한 장 넘기고 있었습니다. 낯설고 사악한 손가락들은 뭔가를 조서에다 썼는데 그들이 무엇을 적었는지는 알 수 없었습니다. 하지만 이 심문에서 제가 가장 끔찍하다고 생각했던 것은 이 비밀경찰들이 내 법률사무소에서 무슨 일을 했는지에 대해 실제로 알고 있는 것이 무엇이고 알아 내려고 하는 것이 무엇인지 제가 전혀 추측도, 계산도 할 수 없다는 점이었습니다. 제가 벌써 말씀드렸듯이, 실제로 부담되는 서류들은 가정부를 통해 가까스로 제 삼촌에게 보내 놓았지요. 하지만 삼촌이 그 서류들을 받았는지 받지 못했는지, 대체 그 서기가 얼마나 불었는지, 그들이 편지에서 얼마나 알아 냈는지 저는 전혀 알 수 없었습니다. 우리 법률사무소가 대변해 주었던 독일 수도원의 용의주도하지 못한 어느 성직자에게 혹시 벌써 자백을 강요했는지도, 그렇다면 얼마큼 대답했는지도 알 수 없었습니다. 그들은 질문하고 질문했습니다. 제가 그 수도원을 위해 어떤 증권을 샀는지, 어떤 은행과 거래했는지, 아무개 씨를 아는지 모르는지, 스위스나 슈테노커첼에서 온 편지를 받았는지 등등. 그들이 도대체 얼마나 조사했는지 짐작할 수 없었기 때문에 모든 대답은 끔찍한 책임이 되었습니다. 그들이 모르는 것을 제가 인정하면, 아마 쓸데없이 어떤 이를 사지로 내모는 것이 되고, 너무 많이 부인하면 저 자신을 다치게 하는 것이지요.

하지만 그 심문은 최악이 아니었습니다. 최악은 심문이 끝나면 다시 나의 무로, 똑같은 탁자, 똑같은 침대, 똑같은 세면대, 똑같은 양탄자가 있는 제 방으로 되돌아오는 것이었습니다. 혼자가 되자마자 제가 한 일은 상황을 재구성해 보려고 애쓰는 것이었습니다. 가장 똑똑하게 대답했어야 했던 것이 무엇이었을까, 내가 경솔하게 진술해서 혹시라도 일으켰을지 모르는 의심을 다시 다른 곳으로 돌리기 위해서 다음에는 무슨 말을 해야 할 것인가.

저는 곰곰이 생각해 보고, 철저하게 분석했고, 제가 검찰관에게 말했던 진술 내용의 단어 하나하나를 재검토해 보았습니다. 저는 그들이 물었던 모든 질문의 요점과 저의 대답을 되풀이해 말해 보았고, 그들이 그 말 중에서 무엇을 기록했을지를 가늠해 보려고 애썼습니다. 하지만 제가 그것을 결코 예측하지도 경험하지도 못하리라는 것을 알았습니다. 그렇지만 빈방에서 한번 발동이 걸린 이 생각은 멈추지 않고 계속 머릿속을 맴돌았고 계속 새롭고 다른 조합을 만들어 냈습니다. 제가 잠들 때까지 말이죠. 매번 게슈타포에게 심문을 받고 나면 저는 늘 다시 생각하면서 질문하고 탐색하고 괴롭히는 고문을 가차 없이, 아니 심지어 더 가혹하게 그대로 되풀이했습니다. 모든 심문은 어쨌든 한 시간이면 끝났지만, 제 생각은 이 고독이라는 위태로운 고문 덕분에 결코 멈출 줄을 몰랐으니까요. 그리고 제 주위에는 항상 그냥 그 탁자, 그 옷장, 그 침대,

그 벽지, 그 창문만이 있을 뿐이었고, 생각을 다른 곳에 쏟을 만한 것이 아무것도 없었습니다. 책도, 신문도, 낯선 얼굴도 없었고, 뭔가 적을 연필도, 가지고 놀 성냥개비도 없었습니다. 아무것도, 아무것도, 아무것도 없었습니다. 이제야 저는 그 호텔 방의 구조가 얼마나 지독하게 악의적이었는지, 심리학적으로 얼마나 살인적이었는지 알아차릴 수가 있네요. 나치의 강제수용소였다면 손에 피가 나고 신발 신은 발이 동상에 걸릴 때까지 돌을 날랐을 겁니다. 두 다스의 사람들과 함께 떼거리로 악취와 추위 속에 누워 있었을 겁니다. 그러나 사람들의 얼굴은 보았을 겁니다. 들판이 되었든 수레가 되었든 나무나 별이든 뭔가는 뚫어지게 쳐다볼 수 있었을 겁니다. 하지만 여기 제 주위에는 항상 똑같은 것, 무서울 만큼 늘 똑같은 것만 있었습니다. 여기에는 나의 생각, 나의 망상, 나의 병적인 반복으로부터 다른 쪽으로 관심을 돌릴 만한 것이 아무것도 없었습니다. 바로 그것을 그들이 노린 것이었지요. 생각이 저를 질식시키고 마침내 토해 내는 것 말고는 아무것도 할 수 없을 때까지, 그들이 원하는 모든 것을 다 말해 버릴 때까지, 그래서 마지막에는 자료와 사람들을 그들의 손에 넘길 수밖에 없을 때까지 저는 제 생각을 힘겹게 삼킬 수밖에 없었습니다. 전 제 신경이 이 끔찍한 허무의 압박 아래서 조금씩 헐거워지기 시작하는 것을 느꼈습니다. 위험을 의식하고 생각을 돌릴 만한 것을 찾거나 고안해 내려고 긴장한 탓인지 신경이 거의 끊어질 것만 같았습니다. 저 자신에게 몰두하기 위해서 전 이전에 외웠던 모든 것을 반복하고 다시 재구성해 보려고 노력했습니다. 애국가, 어린 시절에 장난치며 붙였던 운율, 고등학교 시절 배웠던 호메로스, 시민 법규까지 모든 것을 말이죠. 그러고 나서 계산을 했습니다. 임의의 수를 더하거나 나누면서. 하지만 공허 속에서는 기억력이 확실한 힘을 갖지는 못했습니다. 저는 어떤 것에도 집중할 수가 없었습니다. 항상 똑같은 생각이 그 사이를 파고들어 깜박거렸습니다. '저들이 알고 있는 게 뭐지? 내가 어제 무슨 말을 했지? 다음에는 무슨 말을 해야 하지?'

이렇게 말로 표현할 수 없는 상태가 넉 달이나 계속되었습니다. —넉 달이라, 쓰기는 참 쉽습니다. 글자도 몇 개 안 되네요! 쓰기는 쉽지요, 넉 달.— 글자 2개. 입술은 15초도 안 걸리고 그런 단어 하나를 음절로 나누어 정확하게 발음합니다. 넉 달! 그러나 어느 사람도 그것을 묘사하거나 잰다거나 눈에 보이게 그려 낼 수 없습니다. 다른 사람에게도 못 하고, 자기 자신에게도 할 수 없다는 말이죠. 얼마나 오랫동안 공간도 없고 시간도 흐르지 않는 곳에서 지냈는지, 그것이 얼마나 한 사람을 좀먹고 파괴하는 것인지를 다른 사람에게 설명할 수가 없습니다. 저를 둘러싸고 있던 무無, 아무것도 없는 것, 무, 언제나 똑같은 탁자, 침대, 세숫대야와 양탄자 그리고 또 침묵, 사람은 쳐다보지도 않고 음식을 밀어 넣는 항상 똑같은 보초, 무의 상황에서 결국 사람을 미치게 만드는 항상 똑같은 생각을 말입니다. 소소한 징후에서 전 제 뇌가 무질서에 빠지고 있다는 것을 불안하게 알게 되었습니다. 처음에 심문받을 때는 아직 내적으로 분명한 상태였습니다. 전 침착했고 곰곰이 생각한 뒤 진술했습니다. 말해야 하는 것이 무엇이고 말해서는 안 되는 것이 무엇인지 이중으로 사고하는 것이 아직 작동했습니다. 그런데 아주 간단한 문장들조차도 점점 더듬거리며 말하게 되었답니다. 왜냐하면, 진술하는 동안에 저는 조서를 작성하며 종이 위에서 움직이는 펜 끝의 깃털을 최면에 걸린 듯 뚫어지게 응시하고 있었기 때문입니다. 마치 저 자신의 말들을 뒤쫓고 싶기라도 한 것처럼 말이죠. 전 힘이 빠지는 것을 느꼈습니다. 점점 더 저 자신을 구하기 위해 제가 알고 있는 모든 것, 아마 그 이상의 것도 말하게 될 순간이 가까이 다가오는 것을 느꼈습니다. 목을 조르는 듯한 이 무에서 벗어나기 위해 12명과 그들의 비밀을 폭로하게 되리라는 것을 말이죠. 그렇게 한다 해도 한숨 쉴 정도의 휴식밖에 얻지 못하겠지만 말입니다. 어느 저녁엔 정말 거의 그렇게 될 뻔했지요. 제가 거의 질식해 죽을 것 같던 바로 그 순간에 보초가 우연히 식사를 가져다주었고, 전 갑자기 그에게 소리를 질렀습니다. '날 심문실에 데려다주시오! 모든 걸 말하겠소! 모든 걸 말하겠단 말입니다. 어디에 서류가 있고, 어디에 돈이 있는지 말하겠소! 모든 걸 말하겠소, 모든 걸!' 다행스럽게도 보초는 더는 제 말을 듣고 있지 않았습니다.

이런 극도로 어려운 상황 속에서 전혀 예상하지도 못했던 일이, 적어도 잠시만이라도 구원이 될 그런 일이 일어났습니다. 7월 말이었습니다. 하늘은 어둡고 구름이 커튼처럼 잔뜩 껴 있었고 비가 추적추적 내리던 날이었습니다. 제가 이런 세세한 기상

상황을 아주 정확하게 기억하고 있는 건, 심문받으러 갈 때 빗줄기가 마치 북을 두드리듯 요란하게 복도 유리창을 때렸기 때문입니다. 전 예비판사의 대기실에서 기다려야 했답니다. 어떤 심문이든지 항상 기다려야만 했지요. 이렇게 기다리게 하는 것도 기술이었습니다. 맨 먼저 이름을 부르고, 한밤중에 감방에서 갑자기 불러내서 신경이 끊어질 듯하게 만듭니다. 그러면 심문받을 마음의 준비를 하지요. 벌써 이성과 의지가 저항준비를 하느라 빳빳하게 긴장하면, 그러면 기다리게 하는 겁니다. 실은 별 의미가 없지만, 의미심장하게 기다리게 합니다. 심문하기 전 한 시간, 두 시간, 세 시간 기다리게 하는 거지요. 육체를 지치게 하고 영혼을 무르게 만들기 위해서입니다. 그자들은 그 수요일, 7월 27일에 저를 특히나 오래 기다리게 했습니다. 2시간이나 대기실에서 서서 기다리게 했지요. 제가 이 날짜를 정확하게 기억하는 것은 한 가지 특별한 이유가 있기 때문입니다. 당연히 절대 앉아서는 안 되었고, 양다리로 꼬박 두 시간을 서 있어야만 했던 그 대기실에는 달력이 하나 걸려 있었습니다. 당신께 어떻게 설명할 수가 없네요. 제가 얼마나 인쇄된 것, 글자로 쓰인 것에 굶주렸던지 저는 이 숫자, 벽에 걸린 이 몇 자 안 되는 7월 27일이라는 단어를 뚫어지게 쳐다보고, 또 쳐다보았습니다. 저는 곧장 이 숫자를 제 뇌 속에다 각인해 넣었습니다. 그러고서 다시 기다리고 기다렸지요. 대체 언제 그들이 문을 열 것인지 문을 응시하면서 말입니다. 동시에 심문하는 자들이 이번에는 제게 무엇을 물어볼지 곰곰이 생각했습니다. 그리고 제가 준비했던 것과 완전히 다른 무언가를 물어보리라는 것을 알았습니다. 하지만 그럼에도 불구하고 이 기다림, 이 기립 자세가 주는 고통은 동시에 쾌락이기도 했습니다. 이 공간이 어쨌든 내 공간과는 다른 방이었기 때문이었죠. 내 방보다 조금 컸고, 창문도 하나가 아니라

두 개였으며, 침대와 세숫대야가 없었고, 창문 턱에는 제가 수백만 번도 더 보았던 갈라진 틈도 없었습니다. 문은 다른 색으로 칠해져 있었고, 안락의자도 벽 쪽에 세워져 있었으며, 왼쪽에는 서류가 들어 있는 문서 캐비닛과 옷걸이가 딸린 옷장이 하나 있었습니다. 옷걸이에는 세 개인가 네 개인가 젖은 군인 외투가 걸려 있었습니다. 저를 고문하는 자들의 외투 말이죠. 그러니까 전 뭔가 새로운 것을, 뭔가 다른 것을 음미해야만 했어요. 마지막으로 한 번만, 말라비틀어진 제 눈으로 뭔가 다른 것을 말이죠. 제 눈은 게걸스럽게 모든 것을 하나하나 움켜쥐었습니다. 전 그 외투에서 주름 하나하나까지 자세히 관찰했습니다. 예를 들어 젖은 외투 중 한 외투 깃에 맺힌 빗방울에 관심을 가졌습니다. 좀 우습게 들릴지 모르겠지만, 제정신이 아닌 흥분 상태에 빠져 그 물방울이 언제 방울져 떨어질 것인지 기다렸습니다. 외투 주름을 따라서 말이죠. 아니면 물방울이 중력을 거스르고 오래 붙어 있을지 말입니다. ─ 네, 저는 몇 분 동안이나 숨이 멎을 듯이 물방울을 뚫어지게 노려보았습니다. 마치 제 삶이 그 물방울에 달린 것처럼 말입니다. 그리고 마침내 물방울이 흘러내렸을 때, 저는 다시 외투 단추 개수를 세기 시작했습니다. 한 상의에는 8개의 단추가 달려 있었고, 다른 상의에도 8개, 세 번째 상의에는 10개가 달려 있었습니다. 그다음에는 다시 소맷부리를 비교했습니다. 굶주렸던 제 눈은 이 모든 우스꽝스럽고 중요하지 않은 소소한 것들을 어찌 묘사할 수 없이 탐욕스럽게 더듬어 만져 보고, 이것들 주위를 장난치듯 움직였으며, 휘어잡았습니다. 그런데 갑자기 제 시선은 뭔가에 딱 달라붙어 꼼짝하지 않았습니다. 저는 여러 벌의 외투 중 한 외투에서 옆 주머니에 뭔가가 볼록 튀어나와 있는 것을 발견했습니다. 전 좀 더 가까이 다가갔고, 직사각형 형태의 돌출부를 보고 이 부풀어

오른 주머니가 안에 무엇을 숨기고 있는지를 알아차릴 수 있었습니다. 그것은 바로 책이었어요! 4개월 동안 저는 책을 손에 쥐어 본 적이 없었습니다. 줄지어 나열된 단어들을 볼 수 있고, 단락과 페이지 그리고 책장들을 볼 수 있는 그런 책, 새롭고 낯선 책, 주위를 다른 곳으로 돌리는 생각들을 읽고, 추적하고 뇌로 접수할 수 있는 책이라는 상상은 벌써 사람을 도취시키는 동시에 마비시키는 것이었습니다. 최면에 걸린 듯 저는 호주머니 안에서 책 형태를 만들고 있는 자그맣게 솟은 둥근 굴곡을 뚫어지게 응시했습니다. 제 시선은 이 눈에 잘 띄지도 않는 부분을 쳐다보며 타오르듯 이글거렸습니다. 마치 눈길로 외투를 태워 구멍이라도 만들 듯이 말입니다. 종국에는 제 욕망을 억누를 수 없어서 무의식적으로 그쪽으로 다가갔지요. 옷감을 통해서지만 책을 손으로 만져 볼 수 있다는 생각만으로도 벌써 손가락 속 신경이 손톱까지 달궈 놓았답니다. 저도 모르게 전 점점 더 외투 쪽으로 다가갔습니다. 정말 다행스럽게도 보초는 분명 이상해 보였을 제 행동에 신경을 쓰지 않고 있었습니다. 사람이 두 시간이나 꼿꼿하게 서 있었으면 적어도 벽에라도 기대고자 하는 게 당연하게 보였을 수도 있었겠지요. 드디어 전 외투 아주 가까이까지 가서 설 수 있게 되었습니다. 의도적으로 저는 손을 등 뒤로 가져갔습니다. 눈에 안 띄게 외투를 만져 볼 생각으로 말입니다. 전 외투를 손가락으로 만져 보고 정말 옷감 저 너머에서 직사각 모양의 것, 구부릴 수 있고 바스락거리는 소리가 나는 뭔가를 느꼈습니다. — '책! 책이라니!' 마치 총알이 몸을 관통하듯이 한 가지 생각이 저를 떨리게 했습니다. '책을 훔쳐! 아마 성공할 거야, 그러면 감방에 책을 숨겨 놓고 읽을 수 있잖아. 읽고, 읽고, 읽고, 드디어 다시 책을 읽는 거라고!' 이 생각이 일단 한번 들자마자, 마치 강한 독극물처럼 효력을 발휘했습니다.

갑자기 귀가 윙윙거리고 가슴이 쿵쾅거리기 시작했습니다. 제 손은 얼음장처럼 차가워졌고, 더는 말을 듣지 않았습니다. 하지만 처음의 이렇게 마비된 듯한 상황이 지나가자 저는 조용하고 교활하게 좀 더 외투에 가까이 다가갔습니다. 전 보초에게 눈길을 고정한 동시에 등 뒤로 숨긴 손을 호주머니 아래에서 점점 더 위로 밀었습니다. 그러고는! 움켜쥐기! 가볍고 신중하게 끌어당기기! 이윽고 저는 작고 그렇게 두껍지 않은 책을 손에 쥐게 되었습니다. 지금에서야 저는 제가 한 행동에 놀란답니다. 하지만 더는 되돌릴 수 없었지요. '이걸 어쩐다냐?' 저는 그 책을 등 뒤에서 바지 허리띠 있는 부분으로 밀어 넣고 허리 위쪽으로 조금씩 옮겼습니다. 군인이 걸을 때처럼 손으로 바지 솔기를 꽉 잡을 수 있도록 말입니다. 이제 첫 번째 시험이 중요했습니다. 저는 옷걸이에서 떨어져 한 걸음, 두 걸음, 세 걸음 발길을 떼었습니다. 괜찮았어요. 손으로 허리띠를 꽉 누르기만 하면, 걸어가면서 책을 붙들고 있는 게 가능했지요. 그러고서 심문이 시작되었습니다. 심문은 전보다 더 노력을 요했습니다. 대답하는 동안 저는 사실 제 진술이 아니라 눈에 띄지 않게 책을 잘 붙들고 있는 데에 온 힘을 집중하고 있었기 때문입니다. 행복하게도 이번에는 심문이 짧게 끝났습니다. 그리고 전 책을 안전하게 제 방으로 가져올 수 있었습니다. ― 아주 세세한 부분까지 이야기해서 당신을 붙들어 놓지는 않겠습니다. 위험하게도 갑자기 책이 바지에서 미끄러져 복도 한가운데에 떨어진 적이 있었습니다. 저는 심하게 재채기를 할 수밖에 없었답니다. 무릎을 굽혀 책을 다시 무사히 허리띠 아래로 밀어 넣기 위해서였지요.

그때의 1초란! 제가 책을 들고 제 지옥에 다시 되돌아왔을 때, 마침내 혼자가 되었지만 전 더는 혼자가 아니었습니다.

아마도 당신은 제가 당장 그 책을 움켜쥐고, 관찰하며 읽었을 거로 생각하시겠지요? 절대 그러지 않았답니다. 우선 저는 제가 책을 가지고 있다는 설렘을 맘껏 누리고 싶었습니다. 의도적으로 시간을 끌며 나의 신경을 이루 말할 수 없이 흥분시키는 쾌락을 말이죠. 내가 훔친 책이 과연 어떤 종류의 책이면 좋을까를 생각하면서, 아주 촘촘히 활자가 인쇄된 책, 제가 오래오래 그 책을 읽을 수 있도록 활자가 많이, 많이 들어 있는, 아주아주 얇은 종이로 엮인 그런 책을 꿈꾸었답니다. 그리고 이왕이면 저를 정신적으로 긴장시키는 그런 작품이기를, 평범한 책 말고, 가벼운 책 말고, 뭔가 배울 수 있는, 외울 수 있는 그런 책이기를 소망했습니다. '시집이라면 얼마나 좋을까, 괴테나 호메로스라면 정말 최고일 텐데.' —이 얼마나 뻔뻔한 꿈이었던가요!— 하지만 전 저의 욕망과 호기심을 더는 참을 수 없었습니다. 보초가 갑자기 문을 열더라도 걸리

지 않도록 침대에 누워 몸을 죽 뻗은 저는, 후들후
들 떨면서 허리띠 아래에 숨겨 두었던 그 책을 꺼
냈습니다.

첫눈에 실망했고 심지어는 격렬한 노여움마저
일었습니다. 그렇게 어마어마한 위험을 감수하고
훔쳐 온, 그리 환한 기대로 남겨 놓았던 책은 그저
150편의 챔피언 시합을 모아 둔 체스교습서일 뿐
이었습니다. 만약 제가 감방에 갇혀 있지 않은 상
태였다면 저는 분노가 치밀어 책을 열린 창 밖으
로 던져 버렸을 겁니다. 제가 대체 이 난센스로 무
엇을 시작할 수 있었겠습니까? 제가 소년이었을 때
는 여느 다른 고등학생처럼 심심해서 가끔 체스를
두긴 했었습니다. 하지만 대체 제게 이 이론서 따
위가 무슨 소용이 있겠습니까? 체스라는 것이 상
대가 없으면 게임할 수 없는 거고, 체스 말도 체스
판도 아무것도 없었으니까요. 마지못해 저는 책장
을 뒤적였습니다. 혹시 뭔가 읽을 것, 서문이나 사

용설명서 같은 것을 발견할까 해서였죠. 하지만 제가 발견한 것은 각각의 챔피언들의 대국을 보여 주는 정사각형의 도표와 그 안의 제가 이해할 수 없는 a2-a3, Sf1-g3 등등의 기호들뿐이었지요. 모든 것이 제게는 일종의 수학 공식이었고 그 공식을 풀 수 있는 열쇠가 제게는 없었습니다. 조금씩 저는 수수께끼를 풀어 나갔습니다. 이 알파벳 철자 a, b, c가 세로줄을 말하는 것이고, 숫자 1부터 8은 가로줄에 삽입되며 이것으로 체스 말의 위치를 표시한다는 것을 말이죠. 이로써 순전히 수학 그래프였던 도식은 어쨌든 언어가 되었습니다. 전 곰곰이 생각해 보았습니다. '아마도, 내 감옥 안에서 체스판 같은 것을 만들 수 있지 않을까, 그렇다면 이 대국을 따라 둬 볼 수 있지 않을까?' 마치 하늘이 윙크하듯이, 제 침대보가 우연하게도 대충 체크무늬인 듯 보였습니다. 각을 맞추어 접은 끝에 64칸이 한꺼번에 보이도록 포갤 수 있었습니다. 전 우선 책을 매트리스 밑에 감추었고 한 장만 찢어 냈습니다. 그후 저는 먹고 남겨 놓은 작은 빵 부스러기로, 물론 우스꽝스러울 정도로 불완전하긴 하지만 킹과 퀸 등의 체스 말을 만들기 시작했습니다. 끝없이 노력한 끝에 저는 마침내 체크무늬 침대보 위에 체스교습서에 묘사된 위치를 재구성할 수 있었습니다. 그러나 시합 전체를 따라 해 보려고 했을 때, 빵 부스러기로 만든 저의 우스꽝스러운 체스 말을 가지고는 완벽하게 실패했답니다. 그 빵 부스러기로 주물러 만든 체스 말 중 반은 구별하기 위해 먼지로 꺼뭇꺼뭇하게 색을 입혔지요. 첫날에 전 계속해서 당황했습니다. 다섯 번, 열 번, 스무 번이나 저는 한 경기를 계속해서 처음부터 다시 시작해야 했지요. 하지만 지구 위에 저처럼, 무無의 노예인 저만큼 그렇게나 많은 미사용 시간과 별 필요 없는 시간을 사용할 수 있는 사람이 누가 있었겠으며, 측량도 안 될 정도의 엄청난 욕망과 인내심을 마음대로 다

룰 수 있는 사람이 누가 있었겠습니까? 엿새가 지난 뒤 저는 그 경기를 흠잡을 곳 없이 마지막까지 둘 수 있었습니다. 또 8일이 지나자 체스 교본에 적힌 위치를 구체적으로 표현해 내기 위해서 침대보 위에 둔 빵 부스러기로 만든 체스 말조차도 더는 필요하지 않게 되었습니다. 그리고 그로부터 8일이 지나자 체크무늬 침대보조차도 필요 없게 되었습니다. 처음에는 추상적이기만 했던 책의 a1, a2, c7, c8 같은 기호들이 제 머릿속에서 시각적이고 입체적인 위치로 자동 변형되었거든요. 이렇게 머릿속에서 기호를 구체적인 위치로 전환하는 일은 완벽한 성공이었습니다. 저는 체스 말과 체스판을 마음속에 투영하였고 그 단순한 공식들 덕분에 해당 위치를 조망할 수 있었습니다. 마치 숙련된 음악가가 악보를 한번 슬쩍 쳐다보기만 해도 모든 소리를 듣고 그 화음을 들을 수 있는 것처럼 말이죠. 그리고 또 2주가 지나자 저는 책에 나오는 모든 경기

를 외워서 ─전문가 용어로 말하자면 '블라인드'로
─ 그대로 둘 수 있었습니다. 그제야 저는 비로소
저의 뻔뻔한 도둑질이 도저히 가능할 수 없을 만큼
제게 유익한 일이었음을 이해하기 시작했습니다.
왜냐하면, 당신이 의미 없고 목적도 없는 일이라고
말씀하실지 모르겠지만, 저는 갑자기 할 일을 갖게
된 거였거든요. 제 주위를 둘러싸고 있던 무를 없
애 버리는 일을 말입니다. 전 질식할 것만 같은 단
조로운 시간과 공간에 맞설 수 있는 무기인 150개
의 토너먼트 경기를 소유하게 된 겁니다. 이 새로
운 할 거리가 두고두고 매력적으로 남도록 그때부
터 매일 정확하게 시간을 나눴습니다. 두 경기는
오전에 하고, 두 경기는 오후에, 저녁에는 재빨리
반복하는 식으로 말이죠. 이로써 이전에는 마치 젤
리처럼 형태 없이 죽죽 늘어나던 저의 하루도 충만
해졌습니다. 전 저를 피곤하게 하지 않는 뭔가 할
거리가 있었습니다. 체스 경기는 정신적인 에너지

를 아주 좁은 영역에 쏟아서, 아무리 긴장해서 두
뇌 활동을 한다 해도 뇌가 무력해지지 않고 오히려
노련함과 긴장감을 강화하는 놀랄 만한 장점이 있
었죠. 처음에는 그냥 대가들의 경기를 기계적으로
단순하게 따라 했는데 점차 예술성과 재미를 느끼
기 시작했습니다. 저는 섬세함을 배웠고, 공격하고
방어할 때 나타나는 간계와 예민함을 이해했습니
다. 미리 몇 수 앞서 생각하는 기술과 연결하는 법
과 받아치기 기술을 이해하게 되었고, 곧 모든 챔
피언 각자의 개인적인 특성도 알아볼 수 있게 되었
습니다. 몇 줄만 읽어 보아도 어떤 시인의 시 구절
인지 확신할 수 있는 것처럼 말이죠. 그저 시간을
때우기 위해 시작했던 것이 즐거움이 되고 알레킨,
라스커, 보골류보프, 타르타코버 같은 위대한 체
스 전략가들의 모습이 사랑하는 동료처럼 저의 고
독한 삶에 등장했습니다. 일상을 벗어나게 해 주는
이 무궁무진한 변화는 무언의 호텔 감방에 매일 생

기를 불어넣었고, 규칙적으로 체스 묵상을 함으로써 충격받은 상태였던 저의 사고력은 다시 회복될 수 있었습니다. 제 머리가 맑아지고 간결하게 생각하게 되었다는 것은 무엇보다 심문을 받을 때 증명되었습니다. 체스를 두면서 저도 모르게 거짓 위협이나 감춰진 책략에 맞서 방어하는 데에 통달하게 된 것이죠. 이때부터 심문받을 때 더는 허점을 보이지 않았으며 게슈타포들이 점차 저를 확실히 존경의 눈으로 바라보기 시작했다는 생각마저 들었습니다. 다른 사람들이 모두 망가지는 것을 보았기 때문에 그들은 제가 대체 어떤 신비한 원천에서 저 혼자 끄떡없이 저항할 힘을 길어 올리는지 조용히 자문했을지도 모릅니다.

책에 실린 150가지 대국을 체계적으로 매일매일 따라 했던 그 행복한 시간은 두 달 반에서 석 달 정도 계속되었습니다. 그 후 전 예상치도 않게 녹다운되는 시점에 빠지게 되었습니다. 갑자기 저는 다시금 무 앞에 서게 되었던 겁니다. 모든 경기를 이 삼십 번씩 두고 나니 새로움이나 예기치 못한 데서 오던 자극을 잃어버렸고, 전에는 그렇게 흥분되고 그렇게 자극적이던 그 새로움과 신선함이 주던 힘이 말라 버렸기 때문이었죠. 제가 이미 다 암기하고 있는 경기들을 재삼재사 반복하는 게 무슨 의미가 있겠습니까? 제가 첫수를 두자마자 어떻게 이 경기가 흘러갈 것인지가 동시에 자동으로 머릿속에 그려졌고, 더는 놀라울 것이라곤 없었으며, 긴장도 문제점도 없었습니다. 뭔가에 몰입하기 위해서, 이제는 제게 없어서는 안 될 긴장과 기분전환을 위해서는 사실 다른 시합들이 수록된 다른 책이 필요했습니다. 하지만 그건 완전히 불가능했기 때문에 이런 기이한 미궁에서 빠져나올 길은 단지 하나밖에 없었습니다. 바로 이미 다 알고 있는 경기 대신에 새로운 경기를 고안해 내는 거였습니다. 전 저 자신과 함께 아니 오히려 저 자신과 맞서 경기를 해 보려고 애썼습니다.

경기 중에서 특히 체스 경기 중인 사람의 정신 상태에 대해 어느 정도까지 생각해 보셨는지는 잘 모르겠습니다만, 그저 아주 피상적으로 생각해 봐도 우연과는 동떨어진 두뇌 게임인 체스에서 자신을 상대로 경기하려는 것은 논리적으로 부조리이지요. 사실 체스의 매력은 말입니다, 서로 다른 두 개의 뇌에서 자신의 전략을 서로 다르게 짜 나간다는 오직 거기에 바탕을 두고 있답니다. 이 정신적인 전쟁에서는 검은 말이 그때그때 흰 말의 기교를 알지 못하면서 항상 추측하고 접점을 찾으려고 하는 한편, 흰 말을 두는 측은 그편대로 검은 말 측의 비밀스러운 의도를 추월하고 방어하고자 합니다. 만약 검은 말과 흰 말을 두는 사람이 동일인물이라면 같은 뇌에서 동시에 뭔가를 알지만, 알아서는 안 되는 그런 모순되는 상황이 발생할 겁니다. 상대인 흰 말 역할을 하면서 일 분 전에 검은 말로 의도했던 바를 완전하게 잊어야 하는 상황 말입니다. 그런 이중사고는 사실 의식의 완전한 분할을 전제로 하지요. 마치 기계적인 장치처럼 뇌의 작용을 원하는 대로 켰다 껐다 할 수 있어야 한다는 겁니다. 자신을 상대로 체스 게임을 한다는 것은 그런 역설을 의미합니다. 자신의 그림자를 넘어서는 것처럼 말이죠. 그러니까 요약하자면 이 불가능을, 이 부조리를 절망에 빠져 수개월 동안 제가 시도했었단 겁니다. 하지만 순수한 망상 혹은 완벽한 정신쇠약에 빠지지 않기 위해 제게는 이 자가당착 외에 다른 선택의 여지가 없었습니다. 이 끔찍한 상황 때문에 저는 어쩔 수 없이 하나의 자아는 검은 말로 다른 하나는 흰 말로 나눌 수밖에 없었습니다. 저를 둘러싸고 있는 끔찍한 무가 저를 질식시키지 않도록 말입니다."

B. 박사는 비치 의자에 몸을 젖히고 잠시 눈을 감았다. 마치 심란한 회상을 애써 억누르려고 하는

듯했다. 왼쪽 입가에 움찔하는 기이한 경련이 일어났는데 스스로 제어할 수 없는 것 같았다. 그는 비치 의자에서 벌떡 일어났다.

"자, 여기까지 당신께 모든 것을 상당히 이해하기 쉽게 설명했길 바랍니다. 하지만 제가 그 후의 일들까지 당신께 분명하게 설명할 수 있을지는 아쉽게도 확신이 서질 않습니다. 왜냐하면 이 새로운 할 일은 두뇌의 긴장을 요구했고 동시에 자기통제를 불가능하게 만들었기 때문입니다. 이미 넌지시 말씀드린 대로, 제 소견으로는 자신을 상대로 체스 게임을 한다는 것은 난센스입니다. 이런 부조리가 약간의 가능성이라도 가지려면 적어도 실제 체스판을 눈앞에 두고 진행해야 할 겁니다. 체스판은 실제로 존재하므로 어쨌든 어느 정도의 거리, 물질적인 치외법권을 허용하기 때문이죠. 실제로 체스판을 앞에 두고 체스 말을 둔다면 곰곰이 생각할 시간적 여유를 둘 수 있습니다. 신체적으로도 이쪽에 앉았다, 저쪽 탁자로 갔다가 할 수가 있지요. 그러면 각각 검은 말과 흰 말로서 상황을 주시할 수 있을 테니까요. 그러나 제 경우에는 자신을 상대로 싸울 때 저 자신을 가상의 공간에 투사시켜서 예순네 칸 위의 형세를 그때그때 의식 속에 또렷하게 붙들고 있을 수밖에 없었다고 말씀드려야겠습니다. 게다가 지금 당장의 판세뿐만 아니라 양측이 앞으로 둘 수 있는 수까지 미리 계산해야만 했습니다. 이 모든 것이 얼마나 기이하게 들릴지 잘 압니다만, 전 두 배, 세 배를, 아니 여섯 배, 여덟 배, 열두 배를 상상해야만 했습니다. 검은 말과 흰 말을 대변하는 각각의 저를 위해서 항상 너덧 수는 앞서 상상해야 했지요. 당신께 이런 미친 짓을 곰곰이 생각하도록 무리하게 요구하는 저를 용서하시기 바랍니다. 저는 환상이라는 추상적인 공간에서 흰 말을 쥐고 경기하는 사람으로서 너덧 수는 앞서 계산할 수밖에 없었고, 검은 말을 쥐고 경기하는 사람이 될 때도 마찬가지였지요. 그러니까 경기를 하면서 생겨나는 모든 상황을 두 개의 뇌를 가지고, 즉 흰 말을 좌우하는 뇌와 검은 말을 좌우하는 뇌를 가지고 어느 정도 미리 계산해야만 했습니다. 하지만 이런 자기분할조차도 저의 미친 실험에서 가장 위험한 것은 아니었습니다. 가장 위험했던 것은 제가 경기를 머릿속에서 고안해 냄으로써 발밑의 토대를 잃어버리고 심연으로 빠지는 것이었죠. 지난 몇 주 동안 연습했던 대가들의 시합을 그저 따라 두는 것은 결과적으로 볼 때 단지 복제이자, 주어진 소재에 항복하는 것에 지나지 않았습니다. 그런 것은 시 암송이나 법조문 암기보다 더 쉬웠습니다. 그건 제한되고 훌륭한 활동이었고 그러므로 탁월한 정신 훈련이었다고 할 수 있겠습니다. 제가 연습했던, 아침에 두 게임, 오후에 두 게임은 어떤 감정의 개입 없이도 처리할 수 있었던 정해진 일과였습니다. 그것은 저의 일상적인 활동을 대체했고 게다가 한 판을 두다가 헷갈리거나 잘 모를 때는 항상 책이 버팀목이 되어 주었지요. 그렇게 이 활동은 충격받은 제 신경을 치유하고 저를 안심시켰습니다. 왜냐하면, 낯선 시합을 모방해서 두면 그 게임에 개입할 필요가 없거든요. 검은 말이 이기든지 흰 말이 이기든지 제게는 별 상관없는 일이었고, 승리의 월계관을 두고 싸웠던 사람은 알레킨이나 보골류보프였습니다. 저라는 사람과 제 이성과 저의 영혼은 관람객으로, 체스를 잘 아는 사람으로 모든 시합의 반전과 묘미를 즐길 뿐이었습니다. 하지만 제가 저 자신을 상대로 시합해 보기로 한 순간부터 저는 무의식적으로 제게 싸움을 걸기 시작했던 겁니다. 검은색 말의 나와 흰색 말의 나, 이렇게 둘로 나뉜 나는 서로 경쟁하지 않을 수 없었고 개개의 나는 승리하려고, 이기려고 야심을 갖게 되고 초조해졌습니다. 검은색 말을 두는 입장인 나는 한 수를 놓은 다음에는 흰색 말을 두는 내가 무슨 수를 둘까 생각하며 흥분했습니다. 둘로 쪼개진 나는 다른 내가 실수하면 승리의 쾌재를 불렀습니다. 그리고 동시에 자기 자신의 서투름에 격분했지요.

이 모든 것이 의미 없는 것처럼 보입니다. 사실 정말이지 그런 인위적인 정신분열이라는 것, 위험한 흥분이라는 층상 흔적을 간직한 그런 의식분열은 정상적인 사람의 경우 일반적인 상황에서는 생각할 수도 없을 겁니다. 하지만 제가 모든 정상적 상황에서 강제로 떼어졌다는 것을 잊지 말아 주십시오. 죄수였다는 것을, 죄 없이 투옥되어 수개월 동안 교묘하게 고독이라는 고문을 당하면서 쌓인 분노를 어딘가에는 터트리고 싶었던 한 인간이었다는 것을 말입니다. 그리고 저는 자신을 상대로 하는 이 말도 안 되는 게임 외에 다른 할 일도 없었기 때문에, 저의 분노, 저의 복수심을 광적으로 이 시합에 쏟아부었습니다. 제 안에 있는 뭔가가 자신이 옳다고 주장하고 싶어 했지요. 하지만 저에게는 또 다른 나, 제가 싸울 수밖에 없었던 그 다른 나도 있었죠. 그래서 저는 경기하는 동안에 거의 병적이다 싶을 만큼 점점 수위가 높아지는 흥분 상태가 되었습니다. 처음에는 침착하게 숙고했고, 한두 경기를 치르면 긴장을 풀기 위해서 그 사이에 휴식 시간을 끼워 넣기도 했습니다. 하지만 곤두선 신경은 점차 조금의 기다림도 더는 허락하지 않았습니다. 흰 말의 내가 한 수를 두자마자 벌써 검은 말의 내가 열을 내며 앞으로 치고 나왔습니다. 그렇게 저는 다음 수를 두도록 저를 재촉했지요. 왜냐하면, 매번 수를 둘 때마다 체스를 두는 두 명의 나 중 한 명은 또 다른 한 명의 나에게 질 수밖에 없었고 그러면 복수전을 요구했기 때문이죠. 이 지칠 줄 모르는 광기 때문에 그 몇 달 동안 제 감방에서 저 자신을 상대로 체스 시합을 도대체 몇 판이나 두었는지 대충이라도 말할 수 있을지 모르겠습니다. ㅡ

아마도 천 판, 아마 그보다도 더 많았을 겁니다. 그건 제가 달리 어찌해 볼 수 없었던 광기였습니다. 새벽부터 밤까지 저는 비숍, 폰, 룩, 킹이라든지 a, b, c라든지 혹은 체크메이트나 캐슬링 말고 다른 것은 전혀 생각하지 않았습니다. 그 광기는 저라는 존재와 인지를 송두리째 체크무늬 사각형 속으로 밀어 넣었습니다. 게임을 한다는 기쁨이 게임에 대한 욕망이 되었고, 게임에 대한 욕망은 게임에 대한 강박, 광기, 광적인 분노가 되어서 깨어 있는 시간뿐만 아니라 점차 저의 잠자는 시간까지 파고들었습니다. 저는 오직 체스만, 체스 말의 움직임만, 체스의 문제점만 생각했습니다. 가끔 저는 이마가 땀에 젖은 채 깨기도 했고, 심지어는 자면서까지 계속 체스를 두고 있다는 것을 깨닫게 되었습니다. 그리고 제가 사람이 나오는 꿈을 꿀라치면, 그건 오직 비숍이나 룩의 움직임 속에서, 전진하고 후퇴하는 나이트의 모습 속에서만 나타났지요. 심문에 소환

되어도 전 더는 전처럼 간결한 대답을 생각할 수가 없었습니다. 마지막 심문을 받았을 때는 상당히 갈팡질팡하며 대답한 것 같은 느낌이 들었습니다. 절 심문하던 사람들이 가끔 낯설다는 듯이 서로를 쳐다보았기 때문이죠. 사실 저는 그들이 질문하고 토의하는 동안 제 감방으로 다시 돌아가기만을 학수고대 기다렸습니다. 게임, 저의 그 미친 게임을 계속하기 위해서 말이죠. 새로 시합을 하고 한 게임 더, 한 게임 더 하고 싶어서 말입니다. 게임을 중지시키는 것은 무엇이든지 모두 제게 방해가 되었습니다. 보초가 감방을 청소하는 15분, 그가 제게 음식을 가져다주는 2분조차도 저는 안절부절못하면서 초조하게 괴로워했습니다. 가끔은 저녁 식사가 담긴 그릇을 전혀 손도 대지 않은 채 그대로 두는 때도 있었습니다. 게임을 하느라 식사하는 것을 잊어버린 거죠. 제가 육체적으로 느낀 유일한 것이 끔찍한 갈증이었습니다. 이 끊임없는 생각과 게임 때문에 생긴 열이 분명했지요. 전 두 모금에 물 한 병을 비웠습니다. 물을 더 달라고 보초를 졸랐지만, 물을 마신 다음 순간 다시 입이 말랐습니다. 결국에는 게임을 하다가 흥분해서 —전 아침부터 밤까지 더는 다른 일은 하지 않았습니다— 한순간도 얌전히 앉아 있지 못할 정도가 되었습니다. 체스 대국을 생각하고 있을 때면 끊임없이 왔다 갔다 했고, 그 왔다 갔다 하는 속도는 점점 더 빨라졌으며, 시합의 판세가 결정 국면에 가까워질수록 점점 더 쉽게 흥분하게 되었습니다. 이기고자 하는, 승리에 대한 욕망, 저 자신을 상대로 승리를 거머쥐고자 하는 욕망은 점차 일종의 분노가 되어 갔습니다. 저는 초조해서 몸을 떨었습니다. 왜냐하면, 내 안에서 체스를 두고 있는 나에게 또 다른 나는 너무 느렸기 때문이었죠. 당신께 완전히 우스꽝스러운 모습처럼 보일 수도 있겠지만, 저는 저 자신을 욕하기 시작했습니다. 내 안의 나가 또 다른 나에게 재빨리 반격하지 않으면, '좀 더 빨리 두란 말이야, 좀 더 빨리!'라거나 '앞으로, 앞으로 나가란 말이야!'라는 식이었죠. 저의 이런 상태가 정신적으로 지나치게 과민해진 병적인 형태라는 것을 지금은 물론 아주 잘 알고 있습니다. 지금까지 의학적으로 알려지지 않은 그 상태를 '체스 중독증'이라고 해야 할지 어떨지, 다른 이름을 찾지는 못하겠군요. 결국에는 이 편집증적인 강박이 제 두뇌뿐만 아니라 육체까지 공격하기 시작했습니다. 저는 비쩍 말랐고, 잠자리도 불안하고 어지러웠습니다. 일어날 때마다 납덩이처럼 무거운 눈꺼풀을 억지로 들어 올리느라 아주 애를 먹었습니다. 때로 잡은 물컵을 정말 갖은 애를 써야 간신히 입술까지 가져갈 수 있을 정도로 힘이 약하다는 것을 느꼈습니다. 그렇게 손이 덜덜 떨렸지만, 게임만 시작하면 야생의 힘이 저를 덮쳤습니다. 저는 일어나 손을 불끈 쥐고 왔다 갔다 했고, 가끔 붉은 안개 저 너머에서 들려오는 듯한 제 자신의 목소리를 들었습니다. 쉬고 사악한 목소리로 외치는 '체크!' 혹은 '체크메이트!' 소리를 말이죠.

어떻게 이 끔찍한, 형언할 수 없는 상태가 위기로 치달았는지 제가 직접 묘사할 수는 없습니다. 제가 아는 것이라고는, 어느 날 아침 일어났다는 것과 그것이 전과는 다른 기상이었다는 것뿐입니다. 이를테면 제 육체가 저로부터 분리된 느낌이랄까. 저는 부드럽고 기분 좋게 휴식을 취했습니다. 몇 달 동안 경험해 보지 못한 아주 뻑뻑하고 기분 좋은 피로감이 저의 눈꺼풀 위에 놓여 있었지요. 제 눈꺼풀 위에 아주 따스하고 기분 좋게 말입니다. 그래서 저는 처음에는 눈을 뜰 결심을 할 수가 없었어요. 몇 분간 잠에서 깬 채로 있었지만 저는 이 묵직하고 둔중한 상태를, 기분 좋게 마비된 감각으로 포근하게 누워 있는 상태를 즐겼습니다. 갑자기 저는 제 뒤에서 사람 목소리를 들은 것만 같았습니다. 살아 있는 인간의 목소리라니, 단어들을 말하는 그런 목소리 말입니다. 그들은 제가 얼마나 황홀했는지 감히 상상할 수도 없었을 겁니다. 몇 달 동안, 곧 일 년이 다 되어 가는데, 저는 거칠고 날카롭고 사악한 심문관의 말 외에는 다른 말을 들어본 적이 없기 때문이었습니다. '넌 꿈꾸고 있는 거야.' 전 혼잣말을 했습니다. '꿈꾸고 있는 거라고! 절대로 눈뜨지 마! 좀 더 꿈꾸게 놔두자, 눈을 뜨면 네 주변을 둘러싼 망할 놈의 감방을 다시 보게 되는 거야. 이 의자, 저 세면대와 저 탁자 그리고 평생 똑같은 문양의 양탄자를 말이야. 넌 꿈을 꾸고 있어 ─ 계속 꿈을 꾸라고!'

그러나 호기심이 더 컸지요. 저는 천천히 그리고 조심스럽게 눈을 떴습니다. 기적이 일어났습니다. 제가 있던 곳은 다른 방이었습니다. 제가 갇혀 있던 호텔 감방보다 더 넓고 쾌적한 방이었어요. 창살이 없는 창문이 자유로운 빛을 들여보내고 있었고, 견고한 방화벽 대신에 바람에 산들거리는 초록색 나무들이, 나무들이 제 시야에 잡혔습니다. 벽은 하얀색으로 매끄럽게 반짝였고, 제 머리 위 천장도 하얗고 높았습니다. — 정말로, 전 새롭고 낯선 침대에 누워 있었습니다. 실제로 말이죠. 그건 꿈이 아니었습니다. 제 뒤에서 나지막하게 속삭이는 소리가 들렸습니다. 제가 놀란 나머지 저도 모르게 몸을 격하게 움직였던 모양입니다. 벌써 제 뒤에서 이쪽으로 다가오는 발걸음 소리를 들었거든요. 어떤 여자가 부드럽고 나긋나긋하게 다가왔습니다. 머리에 흰 모자를 쓴 여자, 보호사, 간호사였습니다. 황홀한 떨림이 저를 덮쳤죠. 일 년 동안 여자를 본 적이 없었거든요. 저는 참으로 우아한 그녀를 뚫어지게 쳐다보았습니다. 그런데 그 눈길이 거칠고 무아경에 빠진 눈길이었나 봅니다. 저를 향해 다가오던 그녀가 '가만! 가만히 있으세요!'라고 다급히 진정시켰거든요. 하지만 저는 그녀의 목소리에 귀를 기울였을 뿐이었답니다. '정말 사람이 말하고 있는 건가? 나를 심문하지 않고, 나를 괴롭히지 않는 사람이 땅 위에 정말 아직도 있다는 말인가? 게다가 ─이건 상상할 수 없는 기적이야! ─ 부드럽고 따뜻하고 거의 자상하기까지 한 여자 목소리라니.' 저는 탐욕스럽게 그녀의 입술을 쳐다보았습니다. 그 지옥과 같은 날들을 보내며 한 인간이 다른 사람에게 선량하게 말할 수 있다는 것이 제겐 있을 수 없는 일 같았기 때문이죠. 그녀는 저를 향해 웃음을 지었습니다. ─네 맞아요, 그녀는 미소를 지었어요. 선량하게 미소 지을 수 있는 사람이 아직 있었습니다.─ 그 후 그녀는 경고하듯이 손가락을 입술에 대었지요. 그러고는 조용히 지나갔습니다. 하지만 저는 그녀의 명령을 따를 수가 없었어요. 전 아직 이 기적을 질리도록 본 게 아니었거든요. 그녀의 뒷모습을 보기 위해, 이 기적 같은 선량한 인간의 뒷모습을 쳐다보기 위해, 전 억지로 침대에서 일어나 앉아 보려고 했습니다. 침대 가장자리를 붙들고 일어서려고 했으나 그럴 수가 없었지요. 평상시라면 오른손 손가락과 관절이 있어야 할 곳에 뭔가 낯선 것을 느꼈습니다. 두껍고 크고 하얀 압박붕대가, 분명 두툼한 붕대가 느껴졌습니다. 내 손에 있는 희고 두껍고 낯선 것을 놀라 멍하니 쳐다보았지만, 처음에는 이해할 수가 없었지요. 그러다가 제가 어디에 있는지 서서히 이해하기 시작했습니다. 그리고 제게 무슨 일이 있었는지를 곰곰이 생각하기 시작했지요. 틀림없이 누군가 제게 상처를 입혔든가 아니면 저 스스로 손을 다쳤겠지요. 전 병원에 있었던 겁니다.

정오에 의사가 왔습니다. 중년쯤 되어 보이는 친절한 신사였어요. 그는 제 집안의 성을 알고 있었고 황제의 주치의인 제 삼촌을 존경심을 가지고 언급했는데 이내 제게 친절하다는 느낌을 주었습니다. 그다음에 그는 제게 여러 가지 질문을 했는데,

무엇보다도 저를 놀라게 했던 질문은 제가 수학자나 화학자가 아닌지 하는 거였습니다. 저는 아니라고 했지요.

'특이하군요!'라고 그는 중얼거렸습니다. '열이 나는 와중에도 당신은 계속 기이한 공식들을 외쳐 댔거든요. − c_3, c_4. 우리는 하나도 알아들을 수가 없었어요.' 전 제게 무슨 일이 있었는지를 물어보았습니다. 그는 묘하게 미소를 지었지요.

'심각한 건 아닙니다. 급성 신경과민증이에요.' 그는 주위를 조심스럽게 둘러본 뒤에 나지막하게, '결과적으로 보면 충분히 이해가 갑니다. 3월 13일부터였죠, 안 그렇습니까?'라고 덧붙였답니다. 전 고개를 끄덕였습니다.

'당신이 처음이 아닙니다. 하지만 걱정하지는 마세요.' 저를 안심시키며 속삭이듯 말하는 태도에서 그리고 선량한 눈길 덕분에 전 그에게 잘 치료받고 있다는 것을 알게 되었습니다.

이틀 뒤에 그 선량한 의사는 제게 무슨 일이 일어났었는지를 상당히 자세하게 설명해 주었습니다. 보초가 제가 방에서 크게 소리치는 것을 들었고 처음에는 누가 방 안에 들어가서 저와 싸우나 보다 하고 생각했다고 합니다. 그가 문에 모습을 보이자마자 제가 그를 덮치더니 그를 향해 거칠게 소리를 질렀다 합니다. 그 소리는 '자 한번 둬 보시지, 이 악당, 이 겁쟁이 같은 놈아!' 뭐 이런 소리 비슷하게 들렸다고 합니다. 목을 붙잡으려고 거칠게 덮치는 바람에 보초는 도와 달라고 소리 지를 수밖에 없었다고 했어요. 미처 날뛰는 저를 붙잡아 의사 진료를 받도록 끌고 갈 때 제가 갑자기 뿌리치고 복도 창문으로 달려가더니 유리창을 박살 냈고 그러면서 손을 다쳤다고 합니다. ― 여기 이 깊은 흉터가 보이시죠? 병원에서 보낸 첫날 밤 저는 일종의 뇌열에 시달렸지만, 의사는 제 감각기관이 완전히 정상이라고 하더군요. '물론, 진단 결과는 지도부에 보고하지 않을 겁니다. 보고하면 저자들이 당신을 다시 거기로 보낼 테니까요. 저를 믿으세요. 최선을 다하겠습니다'라고 그는 나지막하게 말을 덧붙였습니다.

저를 도와주려던 이 의사가 저를 괴롭히던 자들에게 무엇이라고 보고를 했는지는 잘 모르겠습니다. 어쨌든 그가 의도한 대로 되었고 저는 석방되었습니다. 그 의사가 저를 회복 불능이라고 설명했을 수도 있고 제가 그사이에 게슈타포에 별 중요하지 않은 사람이 되었을 수도 있습니다. 히틀러가 보헤미아를 점령했고 오스트리아는 이미 끝난 것이나 마찬가지였으니까요. 그래서 저는 14일 내로 고향을 떠나겠다는 서약서에 서명만 하면 되었습니다. 그리고 14일간은 한때 세계시민이었던 사람이 외국으로 가는 데 필요한 수천 가지 서류 준비로 엄청 바빴습니다. ─군필증명서, 경찰서의 증빙서류, 납세증명서, 여권, 비자, 건강진단서. ─ 그래서 지나간 일에 대해 깊이 생각해 볼 시간이 없었습니다. 아마도 우리의 뇌 속에서는 영혼에 부담되고 위험할 수 있는 것들을 자동으로 차단하는 그런 신비한 조정 능력이 작동하는 것 같습니다. 왜냐하면 제가 감방에서 보냈던 시간을 되돌이켜 생각할 때마다 항상 빛이 꺼졌거든요. 몇 주가 지나고서야 비로소, 사실은 여기 이 배에서 처음으로 저는 제게 무슨 일이 벌어졌었나를 곰곰이 생각해 볼 용기를 다시 가지게 되었습니다.

그리고 이제는 제가 왜 그렇게 무례한, 아마도 이해할 수 없는 행동을 당신의 친구분들께 했었는지 이해하실 겁니다. 전 그저 우연히 흡연실을 어슬렁거리며 지나가고 있었지요. 그때 체스판 앞에 앉아 있는 당신 친구분들을 본 것이랍니다. 놀랍고 두려운 나머지 저는 꼼짝달싹도 못 할 것처럼 느껴졌습니다. 전 사람들이 진짜 체스판 위에서 진짜 체스 말을 가지고 체스를 둘 수 있다는 사실도, 완전

히 다른 두 사람이 서로 마주 보고 앉아서 두는 것
이 체스라는 사실도 전부 잊고 있었기 때문입니다.
전 정말 친구분들이 두고 있던 게임이 사실은 제가
아무 의지할 것 없는 상태에서 저 자신을 상대편으
로 삼아 두던 게임과 똑같은 것임을 인지하는 데
몇 분간 시간이 필요했습니다. 제가 지독하게 연습
할 때 임시변통했던 기호들은 그저 대체물일 뿐이
었죠. 상아로 만든 진짜 체스 말을 위한 상징일 뿐
이었어요. 체스판 위에서 체스 말들을 미는 동작이
제가 생각의 공간에서 상상하며 밀던 것과 같다는
것은 놀라운 일이었습니다. 그건 마치 종이 위에
복잡한 방법으로 새로운 행성의 움직임을 그리던
천문학자가, 실제로 하늘에서 그 물질로서의 흰 별
을 발견했을 때와 비슷할 겁니다. 마치 자석에 들
러붙은 듯 저는 체스판을 뚫어지게 쳐다보았지요.
그리고 거기서 저의 도식들, 즉 나이트, 룩, 킹, 퀸,
폰 등의 도형들이 나무로 만들어져 있는 것을 보았

습니다. 시합 판세를 조망하기 위해서는 우선 추상적인 숫자로 되어 있던 저의 세계를 실제 움직이는 체스 말의 세계로 변이시켜야만 했지요. 점차 두 파트너가 두는 실제 경기를 관찰하고픈 호기심이 저를 덮쳤습니다. 그때 공손함이란 것을 완전히 잊어버리고 그만 여러분이 두시던 시합에 끼어드는 난감한 일이 발생했지요. 하지만 당신 친구분이 두셨던 그 잘못된 한 수는 마치 비수처럼 제 심장을 찔렀답니다. 제가 그분을 제지한 것은 완전히 본능적인 행동이었습니다. 마치 난간 너머로 몸을 숙인 아이를 잡을 때 이런저런 생각 없이 그냥 본능적으로 잡는 것처럼 말이죠. 나중에서야 너무 급한 마음에 제가 저지른 행동이 얼마나 거칠고 무례했었는지 분명히 깨달았답니다."

나는 B. 박사에게 확신을 심어 주기 위해 서둘렀다. 우리가 모두 얼마나 기뻐했는지 모르며, 박사님을 알게 된 것은 모두 우연 덕분이라며. 그리고 그가 나를 믿고 들려준 이야기 때문에 내일 즉흥적으로 결정된 시합에서 뵐 수 있으면 두 배로 흥미로울 것이라고 말이다. B. 박사는 불안하게 움직였다.

"아니요, 너무 많은 것을 기대하지는 마세요. 제게는 그저 시험이 될 겁니다. 하나의 시험, 제가… 제가 정상적인 체스를 둘 수 있는지를 알아보는, 체스판 위에서 실제 말들을 가지고 두는 살아 있는 파트너와의 시합…. 왜냐하면 제가 두었던 수백 아니 수천 개의 시합이 실제로 정식 체스 시합이었는지, 그저 꿈속에서 두었던 체스는 아니었는지, 열병에 걸린 상태 혹은 병적인 도취에 빠진 상태에서 두었던 게임은 아니었는지 지금은 점점 더 의심스럽기 때문입니다. 그 게임에서는 꿈에선 늘 그렇듯이 중간단계를 건너뛰었지요. 그러니 바라건대 제가 주제넘게 체스 챔피언, 그것도 세계 제일이라는 챔피언에게 맞설 수 있을 거라고는 정말 기대하지 말아주시기 바랍니다. 저의 흥미를 돋우고 책략을 모의하게 하는 것은 그저 뒤늦은 호기심입니다. 제가 호텔 감방에서 정말 체스를 두었던 건지 아니면 그 당시 이미 미쳤었던 건지, 제가 위험한 낭떠러지로 떨어지기 바로 직전이었던 건지 아니면 이미 그걸 넘어섰던 건지를 확인하고 싶은 호기심 말입니다. — 오직 그것, 단지 그 이유 하나 때문입니다."

이 순간 배 끄트머리에서 저녁 식사를 알리는 종소리가 울려 퍼졌다. 우리는 —B. 박사는 내가 여기서 요약한 것보다 이야기 전체를 훨씬 더 상세하게 이야기해 주었다— 거의 두 시간이나 수다를 떤 것이 분명했다. 나는 그에게 진심으로 감사의 인사를 전하고 헤어졌다. 하지만 내가 채 갑판을 따라 걷기도 전에 그가 벌써 나를 따라오더니 눈에 띄게 안절부절못하며 심지어 약간 더듬거리기까지 하며 말했다.

"한 가지만 더요! 혹시 나중에 예의 없게 보이지 않도록 신사분들에게 사전에 알려 주시지 않겠습니까? 제가 딱 한 판만 체스를 둘 거라고요…. 그 체스 한 판은 과거지사의 결산에 지나지 않을 겁니다. — 최종적인 마무리이지 새로운 시작이 아닌 거지요. 전 두 번 다시 이 격정적인 게임 열병에 빠지고 싶지 않습니다. 돌이켜 생각하면 끔찍한 그 열병을요…. 그리고 덧붙이자면… 당시 의사도 제게 경고했었답니다. 분명하게 경고했었지요. 광기에 빠졌던 사람은 누구든지 영원히 위험한 상태에 처해 있다고요. 아무리 완치되었다 하더라도, 체스 중독증을 가진 사람은 아예 체스판에 가까이 가지 않는 것이 좋다고 합니다…. 그러니 당신은 이해하시겠지요? — 저를 위해 테스트 경기 한 판만, 더는 안 됩니다."

3

다음 날 정확하게 약속 시각인 세 시, 우리는 흡연실에 모였다. 우리 무리에는 왕실 예술 애호가두 명이 더해졌는데, 그들은 경기를 지켜보려고 선상 근무 휴가를 낸 해군 장교들이었다. 첸토비치는전날처럼 사람들을 기다리게 하지 않고 색을 정했다. 그 뒤 이 유명한 체스 세계 챔피언 대 '호모 옵스큐리스무스(기이한 인간)'의 기념비적인 대국이 시작되었다. 이 대국이 우리처럼 완전히 전문지식이 없는 사람들을 위해 치러진 탓에 그 시합 내용이 체스 전문 연감에 수록되지 못한 것은 유감이다. 마치 베토벤의 즉흥 피아노곡이 음악사에 기록되지 못하고 소실된 것처럼 말이다. 우리는 다음 날 오후에 다 함께 그 대국을 기억에서 끄집어내어 재구성해 보려고 노력했으나 허사였다. 아마 우리는 경기 진행에 주목하는 대신에 두 선수에게 열광적으로 주목했던 것 같다. 왜냐하면 두 사람의 자세 속에서 드러나는 정신적인 대조가 대국이 진행되어 가면서 육체적으로도 점점 더 분명하게 나타났기 때문이었다. 기계적인 방식으로 체스를 두는 인간인 첸토비치는 체스를 두는 내내 마치 돌덩어리처럼 꿈적도 하지 않고 체스판에 근엄하고 고집스럽게 눈길을 내리꽂고 있었다. 그에게 곰곰이 생각한다는 것은 모든 신체기관을 극도로 긴장하게 하는 육체적인 긴장처럼 보였다. B. 박사는 그와는 반대로 완전히 편안하고 거침없이 움직였다. 진정한 아마추어, 이 말이 지닌 가장 아름다운 의미는 유희인데, 즉 게임에서 오직 유희적인 기쁨만을 느끼는 아마추어로서 그는 육체의 긴장을 완전히 풀고, 첫 휴식 시간에는 우리에게 설명을 해 주며 잡담까지 했다. 편안한 손으로 담배에 불을 붙이고, 그의 차례가 되면 항상 체스판을 일 분 동안 똑바로 바라보기만 했다. 매번 그 모습이 마치 상대의 수를 이미 사전에 예견하고 기다리기라도 한 듯했다.

관례적인 오프닝 게임은 상당히 빨리 진행되었다. 일곱 수나 여덟 수를 놓았을 때 비로소 계획대로 뭔가가 진행되는 것처럼 보였다. 첸토비치는 생각하는 시간을 좀 더 길게 잡았다. 거기에서 우리는 선점을 위한 본격적인 싸움이 벌어지기 시작했다는 것을 감지했다. 그러나 솔직히 말하자면, 점차 진행되어 가는 상황이 모든 진짜 대국처럼 우리 같은 문외한들에게는 상당히 실망스러웠다. 그도 그럴 것이 체스 말들이 특이한 무늬를 그리며 서로 얽혀 가면 갈수록 우리는 어떤 상황인지 점점 더 꿰뚫어 볼 수가 없었기 때문이었다. 우리는 한쪽의 의도가 무엇인지, 다른 쪽의 의도가 무엇인지, 두 사람 중에 누가 지금 유리한지 알아차릴 수가 없었다. 우리는 그저 적의 전선을 부수어 열기 위한 체스 말들이 하나씩 지렛대처럼 앞으로 밀려나가고 있다는 것을 눈치로 알 뿐이었다. 그러나 이렇게 앞서거니 뒤서거니 하는 움직임 속에 어떤 전략적인 의도가 있는지를 파악할 수는 없었다. ─ 이런 걸출한 선수들은 모든 수를 항상 몇 수를 미리 내다보고 두기 때문이기도 하고. ─ 거기다 점차 몸이 마비되는 듯한 피곤함도 함께했는데, 이것은 오로지 첸토비치가 생각하는 시간을 끝없이 길게 가져갔기 때문이었다. 이 행동은 우리 친구를 눈에 띄게 초조하게 만들기 시작했다. 그가 대국이 길어지면 길어질수록 점점 더 불안하게 안락의자에서 몸을 이리저리로 휙 밀어젖히고는, 초조한 마음에 연달아 담배에 불을 붙이며, 곧이어서는 뭔가를 적기 위해 연필을 잡는 것을 나는 불안한 마음으로 관찰했다. 그런 후에 그는 다시 물을 주문했고, 연달아 몇 잔을 급히 들이켰다. 그가 첸토비치보다 백 배는 더 빨리 다음 수를 둔다는 것은 분명했다. 첸토비치가 끝없이 생각한 끝에 마침내 결심하고 무거운 손으로 체스 말 하나를 쥐고 앞으로 밀 때마다 우리 친구는 오랫동안 기다려 왔던 예상이 적중한 것을 본 사람처럼 미소 지으며 곧장 되받아쳤다. 그는 머릿속에서 바르게 작동하는 이성으로 상대가 쓸 수 있는 모든 가능성을 이미 계산했음이 틀림없었다. 그래서 첸토비치의 결정이 늦어져 지체되면 될수록 그의 초조함은 더욱더 자라났고 기다리는 동안 그는 화가 나서 거의 적대적으로 숨을 들이마시는 모습이었다. 하지만 첸토비치는 결코 압박감을 느끼지 않았다. 그는 고집스럽게 말없이 생각에 생각을 거듭했고, 체스 말이 판에서 점차 사라지면 사라질수록 점점 더 길게 생각하는 시간을 늘렸다. 마흔두 번째 수를 두었을 때, 족히 45분이 지났을 때, 우리는 이미 모두 지쳐서 시합이 열리고 있는 탁자 주변에 거의 관심 없이 앉아 있었다. 해군 장교 중 한 명은 이미 자리를 떴고, 나머지 한 명은 책을 집어 들고 읽다가 변화가 있을 때만 잠깐 눈길을 돌리곤 했다. 그러나 첸토비치가 한 수를 두자 갑자기 예상치 못한 일이 벌어졌다. B. 박사는 첸토비치가 나이트를 잡고 전진시키려는 것을 눈치채자마자 갑자기 뛰어오르기 직전의 고양이처럼 몸을 있는 대로 웅크렸다. 그의 몸 전체가 부들부들 떨리기 시작했고 첸토비치가 나이트를 전진시키자마자 맹렬하게 퀸을 앞으로 밀고는 승리한 듯 큰 소리로 "자, 다 끝났소!"라고 말했다. 그리고는 몸을 뒤로 젖혀 기대더니 팔짱을 끼고 도전적인 시선으로 첸토비치를 보았다. 그의 동공 안에 뜨거운 빛 한 줄기가 돌연 희미하게 타

올랐다.

　우리는 그렇게 승리를 예고한 한 수를 이해해 보려고 무의식적으로 체스판 위로 몸을 굽혔다. 첫눈에 보기에는 그렇게 직접적인 위협을 찾아볼 수 없었다. 우리 친구의 말은 우리처럼 짧은 시야를 가진 아마추어들이 아직은 도달할 수 없는 앞으로의 수를 말하는 것 같았다. 우리 중에서 유일하게 첸토비치만이 저 도전적인 통고에 꿈쩍도 하지 않았다. 그는 마치 저 모욕적인 "자, 다 끝났소!"라는 말을 완전히 못 들은 것처럼 요지부동으로 앉아 있었다. 아무 일도 일어나지 않았다. 우리 모두 무의식적으로 숨을 참고 있다가 행마 시간을 체크하기 위해 탁자 위에 올려놓은 시계가 갑자기 째깍하는 소리를 들었다. 3분, 7분, 8분이 지나고, ― 첸토비치는 움직이지 않았지만, 내가 보기에는 내적 긴장 때문에 그의 두툼한 콧구멍이 점점 더 넓어지는 것 같았다. 우리 친구는 이 말 없는 기다림을 우리만큼이나 견디지 못하는 것처럼 보였다. 갑자기 그는 벌떡 일어서서 흡연실을 왔다 갔다 하기 시작했다. 처음에는 천천히 걷더니 좀 더 빠르게, 점점 더 빠르게 왔다 갔다 했다. 우리는 모두 약간 놀라서 그를 쳐다봤지만 나보다 더 불안한 사람은 없었을 것이다. 성급하게 왔다 갔다 했지만, 항상 똑같이 한 뼘 보폭으로 공간을 왔다 갔다 했기 때문이었다. 그는 마치 빈방 한가운데서 보이지 않는 경계에 부딪혀 매번 발걸음을 돌리는 것 같았다. 과거에 그가 호텔 감방에서 왔다 갔다 하던 것을 무의식적으로 재현하고 있다는 사실을 알아채자 소름이 돋았다. 호텔 감방에 수감되었던 몇 달 동안 바로 저렇게 철창에 갇힌 동물처럼 왔다 갔다 했던 것이 틀림없었다. 손은 경직되고 어깨를 구부린 바로 저런 모습으로 수천 번이나 왔다 갔다 했었으리라. 어딘가를 멍하니 응시하는 열에 들뜬 눈길 속에는 광기라는 붉은빛이 깜빡이고 있었다. 하지만 아직 그

의 사고능력은 완전히 정상이었는데, 첸토비치가
그사이에 결정을 내렸는지 아닌지를 보기 위해 가
끔 초조한 듯 책상 쪽으로 가 보기도 했기 때문이
었다. 9분이 지나고 10분이 지났다. 그리고 마침내
우리 중 그 누구도 기대하지 않았던 일이 일어났
다. 첸토비치가 그동안 꿈쩍 않고 탁자 위에 올려
놓았던 그의 묵직한 손을 천천히 들어 올렸다. 우
리는 모두 긴장해서 그의 결정을 지켜보았다. 그러
나 첸토비치는 한 수를 둔 것이 아니라 손등을 뒤
집어 단호하게 모든 체스 말들을 천천히 체스판에
서 밀어냈다. 다음 순간에야 비로소 우리는 첸토비
치가 이번 판을 포기했다는 사실을 이해했다. 그는
우리 앞에서 체크메이트 당하는 모습을 보이지 않
으려고 항복한 것이었다. 믿기지 않는 일이 일어났
다. 무수한 시합을 휩쓴 세계 챔피언이 이십 년 혹
은 이십오 년간 체스판에 손도 대지 않은 무명인에
게 백기를 든 것이다. 우리의 친구, 알려지지 않은

익명의 친구가 이 세상에서 가장 막강한 체스 선수를 공개 시합에서 이기다니!

우리는 흥분해서 저도 모르게 한 명씩 자리에서 일어났다. 모두 이 기쁜 충격에서 벗어나기 위해 뭔가를 말하거나 해야 할 것만 같은 기분을 느꼈다. 꼼짝 않고 자신의 침착함을 악착같이 고수하고 있는 유일한 사람은 첸토비치뿐이었다. 어느 정도 시간이 지나자 그는 머리를 들고 우리의 친구를 돌처럼 차가운 눈길로 응시했다.

"한 판 더?" 그는 물었다.

"물론." B. 박사는 내게는 달갑지 않은 열광적인 자세로 화답했고, 그의 원래 의도대로라면 딱 한 판으로 충분하다는 것을 경고해 주기도 전에 내려와 앉았다. 그는 열이 날 정도로 황급하게 체스 말들을 새로 세워 놓기 시작했다. 얼마나 들뜬 상태였던지 두 번이나 폰이 떨리는 손가락 사이로 미끄러져 바닥에 떨어졌다. 좀 전에는 고통스럽게 불편

하던 마음이 그가 부자연스러울 정도로 흥분한 모습을 보자 일종의 두려움으로 커졌다. 그렇게 말없고 조용하던 사람이 눈에 띄게 신경질적으로 변했기 때문이었다. 입가에는 씰룩거림이 점점 더 자주 나타났고, 그의 몸은 급성 열병 때문에 덜덜 떨리듯이 그렇게 떨렸다.

"하지 마세요! 지금은 하지 마세요! 오늘은 충분합니다. 당신에겐 너무 힘든 일이에요"라고 나는 그에게 나지막하게 속삭였다.

"힘들다고! 하!" 그는 큰 소리로 경멸하듯이 웃었다. "이렇게 늑장을 부리지만 않았어도 그사이 열일곱 판이라도 둘 수 있었을 거요. 내게 힘든 건 단 한 가지죠, 이런 속도로 두는 체스에서 졸지 않는 것! 자! 이제 시작해 보시죠!"

이 마지막 단어를 그는 거의 무례할 정도로 격하게 첸토비치를 향해 말했다. 첸토비치는 그를 침착하고 냉정하게 쳐다보았지만, 그의 돌처럼 찬 고집스러운 눈길은 뭔가 주먹을 불끈 쥔 것 같은 모습이었다. 갑자기 두 선수 사이에 뭔가 새로운 것이 생겨났다. 위험한 긴장, 격정적인 증오 같은 것이. 그들의 능력을 유희적으로 시험해 보고자 하는 사람은 단지 그들 둘만이 아니었다. 그들은 서로를 파멸시키겠다고 맹세하는 적수 두 명이었다. 첸토비치는 첫수를 두기 전에 오랫동안 망설였다. 분명 의도적으로 그렇게 시간을 끈다는 느낌이 내게 강하게 들었다. 확실히 이 노련한 전략가는 그가 천천히 체스를 둠으로써 상대편을 지치게 하고 혼란스럽게 한다는 것을 이미 간파한 듯했다. 모든 체스 오프닝 중에서 킹 쪽에 있는 폰도 아닌 일반 폰을 두 칸 전진시키는 가장 평범하고 가장 간단한 수를 두면서 족히 4분이나 잡아먹은 것이다. 우리 친구는 자신의 킹 쪽 폰으로 맞대응을 했다. 하지만 첸토비치는 도저히 참을 수 없는, 끝없이 긴 휴지기를 가졌다. 마치 강한 번개가 치고 나서 두근

거리는 심장으로 언제 천둥이 치나 기다리고 기다리지만, 천둥은 치지 않는 그런 것과 같았다. 첸토비치는 미동도 하지 않았다. 그는 조용히, 천천히 숙고했다. 내가 점점 더 분명하게 느꼈던 것은 그가 사악할 만큼 천천히 체스를 두고 있다는 점이었다. 그러나 이로써 첸토비치는 내게 B. 박사를 관찰할 충분한 시간을 주었다. 그는 방금 석 잔째 물을 들이켠 참이었다. 그가 호텔 감방에서 열 때문에 갈증에 시달렸다고 이야기해 준 것이 나도 모르게 기억났다. 비정상적인 흥분을 알려 주는 모든 증상이 분명하게 나타났다. 나는 그의 이마가 축축해지고 손 위에 난 상처가 점점 더 붉은빛을 띠며 전보다 분명해지는 것을 보았다. 하지만 그는 아직은 자신을 제어하고 있었다. 네 번째 수에서 첸토비치가 다시 끝없이 생각에 생각을 거듭하자 비로소 그는 태도를 바꾸어 갑자기 으르렁거렸다.

"도대체 언제 체스를 둘 겁니까!"

첸토비치는 그를 차갑게 쳐다보았다. "내가 알기로 우린 10분간 생각할 시간을 가지기로 약속했습니다. 저는 본래 빨리 두는 사람이 아닙니다."

B. 박사는 입술을 깨물었다. 나는 탁자 밑에서 그가 구두 밑창을 바닥에다 대고 불안하게, 점점 더 불안하게 떠는 것을 알아차렸다. 뭔가 말도 안 되는 일이 그에게 일어날 것 같다는 예감의 압박 때문에 나 자신도 계속 신경질적이 되어 갔다. 정말 여덟 수를 둘 때 두 번째 우발적인 사건이 터졌다. 점점 더 자제력을 잃으며 기다리던 B. 박사는 자신의 긴장을 더는 견디지 못했다. 그는 이리저리 몸을 뒤척이고 무의식적으로 손가락을 가지고 탁자를 두드리기 시작했다. 첸토비치가 다시 무겁고 촌스러운 머리를 들었다.

"톡톡 치지 말아 주시겠습니까? 신경이 쓰이는군요. 이렇게는 게임을 계속할 수가 없네요."

"하! 그러시겠죠"라며 B. 박사가 웃었다.

첸토비치의 이마가 벌게졌다. "말하려는 바가 뭐죠?" 그는 날카롭고 기분 나쁘게 물었다.

B. 박사는 다시 한번 짧고 못되게 웃었다. "아무것도 아닙니다. 다만 당신이 분명히 아주 초조하다는 거죠."

첸토비치는 말없이 고개를 숙였다. 7분이나 지나서야 그는 다음 수를 두었고 이런 끔찍한 속도로 시합을 질질 끌었다. 동시에 첸토비치는 점점 더 돌처럼 굳어 가는 듯했다. 급기야 그는 한 수를 결정하기 전에 늘 합의한 숙고 시간을 꽉 채워 사용했다. 그 시간이 늘어날 때마다 우리 친구의 행동은 점점 더 이상해졌다. 겉보기에 그는 이 시합에는 전혀 참여하지 않고 뭔가 완전히 다른 것에 몰두하고 있는 것 같았다. 열나게 왔다 갔다 하던 것을 멈추고 그는 자신의 자리에 미동도 없이 앉아 있었다. 거의 미친 것 같은 뻣뻣한 시선으로 허공을 뚫어지게 응시하며, 쉬지 않고 이해할 수 없는 말을 혼자 중얼거렸다. 그는 끝없이 다음 수의 콤비네이션을 만들면서 정신 줄을 놓았거나 완전히 다른 대국을 만들어 시합하는 것 같았는데, 이것이 내 마음 가장 깊은 곳에서 품었던 의심이었다. 첸토비치가 끝없는 숙고 끝에 한 수를 놓을 때면 매번 경고를 주어 제정신을 차리게 만들어야 했기 때문이었다. 그러면 그는 늘 이 상황이 대체 어떤 상황인지 가늠하느라 몇 분을 소요했다. 그가 갑자기 쾅 폭발할 수도 있는, 이런 차가운 유형의 광기 속에서 사실은 이미 오래전에 첸토비치와 우리를 잊어버렸을 것이라는 의혹이 점점 더 나를 엄습했다. 그리고 실제로, 열아홉 번째 수를 둘 때 위기 상황이 터지고 말았다. 첸토비치가 자신의 말을 움직이자마자 B. 박사는 제대로 체스판을 쳐다보지도 않고, 갑자기 자신의 비숍을 세 칸이나 앞으로 밀어놓고는 우리가 모두 움찔할 만큼 크게 소리쳤다.

"체크! 킹에게 체크요!"

우리는 특별한 수를 기대하면서 즉각 체스판을 쳐다보았다. 일 분이 지나자 우리 중 누구도 예상하지 못했던 일이 일어났다. 첸토비치는 아주, 아주 천천히 머리를 들고는 우리를 한 사람 한 사람 쳐다보았다. ─ 지금까지 그는 절대 이런 일을 한 적이 없었다. 그는 뭔가를 더할 나위 없이 즐기는 것 같았다. 점점 그의 입술에 만족스럽고 분명 조롱 섞인 미소가 번졌기 때문이었다. 우선 그는 우리에게는 아직 이해가 안 가는 이 승리를 마음껏 즐기고 나서야 비로소 짐짓 공손한 척을 하며 우리 쪽을 쳐다보았다.

"유감이군요. ─ 하지만 저는 체크가 안 보이는데요. 신사분들 중에서 어느 분이라도 저의 킹에 대한 체크를 보신 분이 계신가요?

우리는 체스판을 쳐다보았고 다시 불안스럽게 B. 박사 쪽을 쳐다보았다. 첸토비치의 킹이 자리한 칸은 정말로 ─어린아이라도 그것을 인식할 수 있었다— 비숍에 맞서 폰으로 완전히 방어되어 있었다. 그러니까 킹에게 체크란 불가능했다. 우리는 불안해졌다. '우리 친구가 들떠서 말 하나를 한 칸 더 멀리 아니면 한 칸 더 가까이 잘못 두었단 말인가?' 우리의 침묵으로 정신이 들었는지 B. 박사도 체스판을 뚫어지게 쳐다보더니 심하게 말을 더듬거리기 시작했다.

"킹이 f7에 있었는데… 킹이 잘못 서 있어요. 완전히 잘못 서 있다고. 당신이 잘못 옮긴 겁니다. 이 체스판 위의 말들이 죄다 잘못 서 있네… 폰이 f5에서 있어야지, g4가 아니라…. 이건 완전히 다른 시합이잖아… 이건…."

그는 갑자기 말을 멈추었다. 나는 그의 팔을 꽉 움켜잡았다. 아니, 그가 열병에 들떠 있더라도 내가 꼬집는 것을 느낄 수 있을 정도로 심하게 그의 팔을 꼬집었다. 그는 몸을 돌리더니 마치 몽유병자처럼 나를 뚫어지게 쳐다보았다.

"왜… 왜요?"

나는 "기억하세요!"라고 말하면서 동시에 손가락으로 그의 손에 난 상처를 가리켰다. 그는 무의식적인 눈길로 나의 손가락 움직임을 따랐고, 핏빛 흉터를 무표정하게 쳐다보았다. 그러더니 갑자기 몸을 부들부들 떨기 시작했고 그의 온몸에 전율이 흘렀다.

"아 맙소사, 제가 무슨 헛소리를 했습니까? 아니면 이상한 행동을 했나요? 제가 결국 다시?" 그는 창백한 입술로 내게 속삭였다.

"아닙니다, 하지만 당장 시합을 그만두셔야 합니다. 끝내야 할 시간이에요. 의사가 당신에게 한 말을 기억하세요"라고 나는 낮게 속삭였다.

B. 박사가 벌떡 일어섰다. "저의 어리석은 착각을 용서하십시오!" 그는 다시 본래의 예의 바른 목소리로 말하더니 첸토비치에게 허리를 굽혀 인사했다. "제가 말한 것은 당연히 정말 말도 안 되는

소리지요. 시합은 물론 당신이 말씀하신 것이 맞습니다." 그러고는 우리를 향했다. "신사분들께도 양해를 구하지 않을 수 없네요. 제게 너무 많은 것을 기대하지 마시라고 사전에 이미 말씀드리긴 했습니다만 부끄럽게 해 드려 죄송합니다. 체스에서 저 자신을 시험해 보는 것은 이번이 마지막이었습니다."

그는 허리 굽혀 인사하더니, 처음 나타났을 때와 똑같이 비밀에 싸인 겸손한 모습으로 떠났다. 오직 나만이 왜 이 사람이 앞으로 다시는 체스판을 건드리지 않을 것인지 그 이유를 알고 있었다. 그에 반해 다른 사람들은 뭔가 불편하고 위험한 것에서 가까스로 벗어났다는 알 수 없는 감정으로 다소 혼란스러워하며 남아 있었다. "바보 머저리 같은 놈!" 매코너는 실망해서 투덜거렸다. 마지막으로 첸토비치가 소파에서 몸을 일으키더니 중간에 끝난 시합에 다시 한번 눈길을 주었다.

"유감이네요, 공격 구상이 그다지 나쁘지는 않았습니다. 그 신사분이 사실 아마추어치고는 비범한 재능을 지녔네요."

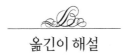

옮긴이 해설

이 작품은 1941년부터 1942년 사이에 츠바이크가 집필한 그의 마지막 작품이면서 가장 유명한 작품 중 하나이다. 1942년 9월에 포르투갈어로 출판된 뒤, 같은 해 12월 7일 독일어로 300부 한정 출판되었다. 유럽에서는 1943년 스톡홀름에서 출판되었고 영어본은 1944년 뉴욕에서 선보였다. 1974년 포켓판으로 출간된 뒤 지속적으로 베스트셀러의 반열에 올랐으며 지금까지 120만 부 이상이 팔렸다.

이 작품은 두 가지 이야기가 액자처럼 끼워져 있다. 뉴욕에서 부에노스아이레스로 가는 여객선에서, 문맹에다 탐욕적이고 무지하지만 체스에는 천부적인 재능을 타고난 미르코 첸토비치라는 청년과 한 미지의 신사가 벌이는 체스 시합이 액자의 틀 이야기에 해당한다. 액자 속 이야기는 미지의 신사인 B. 박사의 것으로, 황실과 수도원의 비밀스러운 재정 담당 변호사였던 그가 어느 날 갑자기 게슈타포에 체포된 사건으로 시작한다. 무원고립의 호텔 감옥에 감금된 후 우연히 훔친 체스 교본으로 혼자 체스를 터득하고 급기야는 자아를 둘로 쪼개서 블라인드 체스를 두며 점차 정신분열 상황으로 치닫던 그의 절박한 상황을 그리고 있다.

이 작품은 당시 실제로 일어났던 사건들과 작가의 경험 그리고 시대에 대한 개인적 해석이 절묘하게 얽히고설킨 흥미로운 이야기들로 채워져 있다. B. 박사의 실제 모델은 1938년 14개월 동안 메트로

폴 호텔에 감금되었던 '루이 나타니엘 폰 로트실트 Louis Nathaniel von Rothschild'로 알려져 있다. 실제로 츠바이크는 체스에 그다지 일가견이 없었다고 알려진다. 그러나 체스마스터인 타르타코버의 책 『초현대적인 체스 시합Die hypermoderne Schachpartie』을 인용하여 작품에서 극적인 체스 장면들을 그려 내었다고 한다. 첸토비치와 매코너 무리와의 체스 시합을 우연히 보게 된 B. 박사가 1922년 알레킨 대 보골류보프의 경기를 연상하며 개입하는 장면이 바로 그것이다.

슈테판 츠바이크가 살았던 당시 환경을 고려해 볼 때, 그가 B. 박사에게 파시즘에 굴복할 수밖에 없었던 당시 오스트리아 교양시민계층의 모습, 엄밀히 말하자면 자기 자신의 모습을 투영하고 있고, 희화화한 첸토비치에게는 히틀러의 모습을 투영하고 있음을 어렵지 않게 추측할 수 있다. B. 박사는 자신이 겪은 고문을 떠올리게 하는 첸토비치의 태도에서 한계치에 다다르는 심리적 부담을 받으며 체스 시합에서 패배한다. 나치의 가장 큰 무기 중 하나가 바로 이렇게 대중을 상대로 한 심리전이었다. 체스는 인간의 합리적 이성을 바탕으로 한 고도로 이성적이고 추상적이며 심리적인 게임이다. 만약 이 합리적 이성이 첸토비치에게서처럼 주체의 맹목적인 자기보존과 이익 실현이라는 목적을 위해 사용될 경우, 그 이성은 도구적 기능으로 전락할 수밖에 없다. 츠바이크는 자신의 책들이 불태워지고 스스로 망명길에 오를 수밖에 없었던 그 당시의 참혹한 실상을 체스판 위의 홀로코스트로 표현하고 있다.

이 작품은 소설이 아닌 노벨레라는 형식으로 쓰였다. 노벨레는 '발생할 가능성이 있는 신기한 사건을 간결한 묘사방식으로 재현한 비교적 짧은 산문 또는 운문 형식'을 의미한다. 보카치오 이래 '새로운 사건'을 중심으로 전개되는 노벨레 형식은 18세

기 독일에서 빌란트와 괴테 그리고 독일 낭만주의
작가들을 거쳐 19세기에 전성기를 이루었다. 슈테
판 츠바이크는 오스트리아 작가 아달베르트 슈티
프터와 스위스 작가 콘라트 마이어, 그리고 독일의
테오도어 슈토름과 같은 19세기 노벨레 작가들의
글쓰기 방식을 의도적으로 선택함으로써 형식 면
에서도 위대한 교양시민계층의 전통을 계승한다.

이 노벨레의 강점은 매 장마다 연속적으로 발생
하는 전대미문의 사건들이 독자들의 눈길을 강렬
하게 사로잡는 동시에(형식미), 뚜렷한 특징을 지닌
인물 유형들을 통해 극적인 긴장감마저 느끼게 한
다는 점이다(내용미). 그래서인지 이 작품은 학생들
의 교과 교재로 자주 활용되었고, 1960년에는 게
르트 오스발트 감독에 의해 영화화되기도 하였다.
2021년 1월 필립 슈퇼츨Philipp Stölzl 감독의 새로운 영
화가 계획되어 있었으나 코로나 팬데믹으로 인해
미뤄지게 되었다. 이 작품은 오디오북으로, 드라마

로, 심지어 2012년에는 스페인 작곡가 크리스토발 히메네스–엔시나Cristóbal Halffter Jiménez–Encina에 의해 오페라로도 선을 보였다.